北
玄
武
·
六

낭
송

18
세
기

소
품
문

낭송Q시리즈 북현무 06
낭송 18세기 소품문

발행일 초판1쇄 2015년 4월 5일(乙未年 庚辰月 辛亥日 淸明) |
지은이 이용휴, 이덕무, 박제가 | **풀어 읽은이** 길진숙, 오창희 | **펴낸곳** 북드라망 |
펴낸이 김현경 | **주소** 서울시 중구 청파로 464 101-2206(중림동, 브라운스톤서울) |
전화 02-739-9918 | **이메일** bookdramang@gmail.com

ISBN 978-89-97969-65-4 04810 978-89-97969-37-1(세트) | 이 도서의 국립중앙도
서관 출판시도서목록(CIP)은 서지정보유통지원시스템 홈페이지(http://seoji.nl.go.
kr)와 국가자료공동목록시스템(http://www.nl.go.kr/kolisnet)에서 이용하실 수 있습
니다.(CIP제어번호: CIP2015008463) | 이 책은 저작권자와 북드라망의 독점계약에
의해 출간되었으므로 무단전재와 무단복제를 금합니다. 잘못 만들어진 책은 서점에
서 바꿔 드립니다.

책으로 여는 지혜의 인드라망, 북드라망 **www.bookdramang.com**

낭송
Q
시리즈

북현무
06

낭송
18세기 소품문

이용휴
이덕무
박제가
지음

길진숙
오창희
풀어
읽음

고미숙
기획

티

▶낭송Q시리즈 『낭송 18세기 소품문』 사용설명서◀

1. '낭송Q'시리즈의 '낭송Q'는 '낭송의 달인 호모 큐라스'의 약자입니다. '큐라스'(curas)는 '케어'(care)의 어원인 라틴어로 배려, 보살핌, 관리, 집필, 치유 등의 뜻이 있습니다. '호모 큐라스'는 고전평론가 고미숙이 만든 조어로, 자기배려를 하는 사람, 즉 자신의 욕망과 호흡의 불균형을 조절하는 능력을 지닌 사람을 뜻하며, 낭송의 달인이 호모 큐라스인 까닭은 고전을 낭송함으로써 내 몸과 우주가 감응하게 하는 것이야말로 최고의 양생법이자, 자기배려이기 때문입니다(낭송의 인문학적 배경에 대해 더 궁금하신 분들은 고미숙이 쓴 『낭송의 달인 호모 큐라스』를 참고해 주십시오).

2. 낭송Q시리즈는 '낭송'을 위한 책입니다. 따라서 이 책은 꼭 소리 내어 읽어 주시고, 나아가 짧은 구절이라도 암송해 보실 때 더욱 빛을 발합니다. 머리와 입이 하나가 되어 책이 없어도 내 몸 안에서 소리가 흘러나오는 것. 그것이 바로 낭송입니다. 이를 위해 낭송Q시리즈의 책들은 모두 수십 개의 짧은 장들로 이루어져 있습니다. 암송에 도전해 볼 수 있는 분량들로 나누어 각 고전의 맛을 머리로, 몸으로 느낄 수 있도록 각 책의 '풀어 읽은이'들이 고심했습니다.

3. 낭송Q시리즈 아래로는 동청룡, 남주작, 서백호, 북현무라는 작은 묶음이 있습니다. 이 이름들은 동양 별자리 28수(宿)에서 빌려 온 것으로 각각 사계절과 음양오행의 기운을 품은 고전들을 배치했습니다. 또 각 별자리의 서두에는 판소리계 소설을, 마무리에는 『동의보감』을 네 편으로 나누어 하나씩 넣었고, 그 사이에는 유교와 불교의 경전, 그리고 동아시아 최고의 명문장들을 배열했습니다. 낭송Q시리즈를 통해 우리 안의 사계를 일깨우고, 유(儒)·불(佛)·도(道) 삼교회통의 비전을 구현하고자 한 까닭입니다. 아래의 설명을 참조하셔서 먼저 낭송해 볼 고전을 골라 보시기 바랍니다.

   ▷ 동청룡: 『낭송 춘향전』, 『낭송 논어/맹자』, 『낭송 아함경』, 『낭송 열자』, 『낭송 열하일기』, 『낭송 전습록』, 『낭송 동의보감 내경편』으로 구성되어 있습니다. 동쪽은 오행상으로 목(木)의 기운에 해당하며, 목은 색으로는 푸른색, 계절상으로는 봄에 해당합니다. 하여 푸른 봄, 청춘(靑春)의 기운이

가득한 작품들을 선별했습니다. 또한 목은 새로운 시작을 의미하기도 합니다. 청춘의 열정으로 새로운 비전을 탐구하고 싶다면 동청룡의 고전과 만나 보세요.

▷ 남주작 : 『낭송 변강쇠가/적벽가』, 『낭송 금강경 외』, 『낭송 삼국지』, 『낭송 장자』, 『낭송 주자어류』, 『낭송 홍루몽』, 『낭송 동의보감 외형편』으로 구성되어 있습니다. 남쪽은 오행상 화(火)의 기운에 속합니다. 화는 색으로는 붉은색, 계절상으로는 여름입니다. 하여, 화기의 특징은 발산력과 표현력입니다. 자신감이 부족해지거나 자꾸 움츠러들 때 남주작의 고전들을 큰소리로 낭송해 보세요.

▷ 서백호 : 『낭송 흥보전』, 『낭송 서유기』, 『낭송 선어록』, 『낭송 손자병법/오자병법』, 『낭송 이옥』, 『낭송 한비자』, 『낭송 동의보감 잡병편 (1)』로 구성되어 있습니다. 서쪽은 오행상 금(金)의 기운에 속합니다. 금은 색으로는 흰색, 계절상으로는 가을입니다. 가을은 심판의 계절. 열매를 맺기 위해 불필요한 것들을 모두 떨궈 내는 기운이 가득한 때입니다. 그러니 생활이 늘 산만하고 분주한 분들에게 제격입니다. 서백호 고전들의 울림이 냉철한 결단력을 만들어 줄 테니까요.

▷ 북현무 : 『낭송 토끼전/심청전』, 『낭송 대승기신론』, 『낭송 도덕경/계사전』, 『낭송 동의수세보원』, 『낭송 사기열전』, 『낭송 18세기 소품문』, 『낭송 동의보감 잡병편 (2)』로 구성되어 있습니다. 북쪽은 오행상 수(水)의 기운에 속합니다. 수는 색으로는 검은색, 계절상으로는 겨울입니다. 수는 우리 몸에서 신장의 기운과 통합니다. 신장이 튼튼하면 청력이 좋고 유머감각이 탁월합니다. 하여 수는 지혜와 상상력, 예지력과도 연결됩니다. 물처럼 '유동하는 지성'을 갖추고 싶다면 북현무의 고전들과 함께하세요.

4. 이 책 『낭송 18세기 소품문』은 이용휴, 이덕무, 박제가의 소품문 중에서 풀어 읽은이가 가려뽑아 번역한 글들을 모은 책입니다. 번역은 '한국문집총간'의 영인본을 저본으로 삼았으며, 이용휴의 글은 영인본 『탄만집』과 국립중앙도서관 소장본 『혜환잡저』를, 이덕무의 글은 영인본 『청장관전서』를, 박제가의 글은 영인본 『정유각집』에서 해당 글의 원문을 찾아 번역했습니다.

차 례

이덕무 편

박제가 편

참신하고 섬세하고 강렬한
'말–말–말'

1. 나의 소리와 말과 문체를 찾아서

영조 이래로 풍기가 일변하였으니, 이용휴, 이가환 부자와 이덕무, 유득공, 박제가, 이서구 등의 대가들은 기궤奇詭를 주로 하거나 첨신尖新을 주로 하였다. 그 일대의 오르내렸던 자취를 옛날과 비교해 보면 성당盛唐, 만당晚唐과도 같았다. _김택영

기奇나 궤詭, 첨신尖新은 '표준 문체의 격식을 따르지 않는', 혹은 '법식에서 벗어난다는' 뜻이다. 괴기스러움 즉 그로테스크grotesque보다는 개성, 독창성의 뜻에 가깝다. 기궤와 첨신을 추구하는 문인들은 '전범'典範의 모방을 거부한다. 이는 스타일은 물론이고 소재와 사유와 세계인식까지, 문장을 구성하는 모든 방식에 있어서 이전과 완벽하게 결별하는 것이었다.

이처럼 18세기 조선의 문단에 변화의 바람이 거세게 일어난다. 정통 혹은 전범으로 인정받던 '고문'古文의 스타일과 내용에 반기를 드는 일군의 문인들이 등장한 것이다. 이들은 '소품체'小品體라는 새롭고 독특한 문장을 선보임으로써, 18세기 문단을 뒤흔들었다. 문단뿐 아니었다. 이들의 문장은 당시의 보편 가

치와 관념까지 뒤집어볼 수 있게 했다. 물론 혁명처럼 폭발적인 것은 아니었지만, 은근하면서도 강렬한 균열을 가져왔다.

고문은 선진先秦시기부터 한漢나라 때까지의 문장을 일컫는 말이다. 대체로 진한秦漢시대의 문장을 모방한 당송팔대가의 글까지 포함해서 고문이라 칭한다. 우리나라에서 고문은 16세기 문풍의 쇄신을 위해서 시작되었지만, 17·18세기에 이르면 정통 산문으로서 문단의 강자로 군림하게 된다. 18세기 문인들에게 진한의 문장, 이백·두보로 대표되는 성당盛唐의 시를 모방하는 것은 당연한 일이었다. 이들은 고문이라는 동일한 문체로 글을 쓰면서 유가적 세계의 사유와 질서를 지켜 나갔다. 실상 다수의 문장가들은 고문 이외의 다른 문체를 상상하지 않았다. 문장은 원래 고문 스타일로 쓰는 것이라고 생각했던 것이다.

그런데 하나의 추세가 오랜 기간 지속되면 진부해진다. 18세기의 문장도 예외는 아니었다. 모든 문장은 상투적이었고, 스타일은 천편일률이었다. 앵무새처럼 선배들의 소리와 말과 문체를 흉내낼 뿐이었다. 엄밀히 따지자면, 진부한 글은 죽은 글이요 가짜 글이다! 내가 썼지만 나는 없는 글! 일군의 문인들이 이런 생각을 하게 되었다. 똑같은 문체로 똑같이 사유한다는 건, 안전한 방식이었지만 참으로 따분하고 수동적인 것이었다. 마침내 문인들은 살아 있는 글쓰기, 진짜 글쓰기, 나만의 글쓰기를 선포했고, 그런 문장을 세상에 내놓았다.

혜환 이용휴李用休, 1708~1782, 무관 이덕무李德懋, 1741~1793, 초정 박제가朴齊家, 1750~1815가 그 대표 주자였다. 이들 세 사람은 명말청초에 유행했던 '소품문'으로 자신들의 문장 스타일을 구축했다. 소품문은 길이가 다소 짧으면서 작가의 개성에 따라 문체의 격식이나 내용이 달라지는 자유로운 형태의 글이다. 즉 잡록 형태의 아포리즘(격언, 잠언)부터 기문記文·서문·제문·비지문碑誌文·편지글 등 전통적인 산문 양식을 유지하되, 각 양식의 격식과 문장 구사법에 구애받지 않는 수필 형태의 글이다.

무엇보다 길이가 짧다고 무조건 소품문이라고 부르지는 않는다. 18세기 소품문의 핵심은 '파격'이다. 이 파격은 어떤 것에도 갇히지 않고, 고정되지 않으려는 '자유로움'이다. 이 파격은 하나의 문장 스타일을 거부하는 것일 뿐만 아니라 사물을 보는 고정

된 시선, 삶을 살아가는 하나의 방식을 버리려는 시
도였다. 궁극의 지점에서 문장의 감각을 바꾸는 문
제는 삶의 감각을 바꾸는 문제와 연결되었다. 이들
이 추구한 바는 문체의 변화만이 아니었다. 결국 이
들은 세상을 보는 시선, 세상에 대한 해석, 삶을 살
아가는 방식에서의 변화를 보여 주었다. 문장에서도
삶에서도 고정된 틀을 버림으로써 자유로워지려는
것이었다.

이용휴의 글 한 편을 예로 들어 보자.

오래된 살구나무 아래 작은 집 한 채가 있다. 횃대
와 시렁과 작은 책상 등이 방의 삼 분의 일을 차지한
다. 손님 몇 사람이 앉으면 무릎이 서로 부딪칠 정도
로 방이 아주 작고 좁다. 그러나 주인은 편안히 거처
하며 책을 읽고 도를 구할 뿐이다. 내가 말했다. "이
방 안에서 몸을 돌려 앉으면, 방위方位가 바뀌고 명
암明暗이 달라진다네. 구도求道란 생각을 바꾸는 데에
있다네. 생각이 바뀌면 따르지 않는 것이 없다네. 그
대가 나를 믿는다면, 그대를 위해 창을 열어 주겠네.
한 번 웃는 사이에 어느새 환하고 툭 트인 경지에 오
를 것이네." _「행교유거기」杏嶠幽居記

소품문의 정수라 할 만한 글로, 살구나무 아래의 작은 집에 대해 쓴 기문記文이다. 보통 기문은 그 집의 위치, 그 집의 유래, 그 집에 붙인 이름의 유래, 집주인의 인격과 성향 등을 서술하고 덕담과 찬미의 말을 늘어놓는다. 그런데 이용휴는 이런 기문의 격식과 구조를 해체하고 자신이 쓰고 싶은 대로 썼다. 이 집은 작고 초라하다. 이 집에 사는 친구는 아주 가난한 서생에 불과하다. 이용휴는 이것만 서술한 뒤 이 집에서 어떻게 살아야 하는지 알려 준다. 이것이 글의 전부다. 그럼에도 그 집과 그 집 주인의 면모가 오롯이 드러날 뿐 아니라, 이용휴가 하고자 하는 말이 모자람 없이 전해진다. 군더더기도 없고 더 보탤 필요도 없는 글!

한자로는 87자로 이루어진 이 짤막한 기문에서, 이용휴는 구도求道에 대해 명쾌하게 정리한다. 구도는 생각을 바꾸는 것이다. 작은 방에서 몸을 돌려 앉으면 방위가 바뀌고 명암이 바뀌듯이, 생각을 바꾸면 세상이 바뀐다. 터럭만큼의 차이가 천지의 차이를 가져온다. 생각을 바꾸면 나는 좁은 방안에서도 저 사해 밖을 주유하며, 천지자연의 이치를 깨칠 수 있다.

그렇다면 생각을 바꾼다는 건 구체적으로 뭘까? 가난을 벗어나기 위해 부귀와 명성을 좇는 것? 사람들은 그렇게 생각한다. 그러나 부귀와 명예를 좇는 일은 남들 하는 대로 하는 것에 불과하다. 이용휴가 생각을 바꾸라는 건 이와는 의미가 다르다. 협소하고 누추한 방에서 산다고 사람까지 누추하거나, 사람의 도량까지 좁아지는 게 아니다. 협소하고 누추한 것에 휘둘리면 그때부터 사람조차 비루해지고 편협해지기 시작한다. 그러나 협소하고 누추한 방을 편안하게 여긴다면, 분명 내 앞에 펼쳐진 모든 것이 다르게 보일 것이고 세상과 다르게 만날 것임에 틀림없다. 그렇게 되면 삶도 달라질 수밖에 없을 것이다. 생각을 바꾸면 글도 삶도 달라진다. 이것이 구도求道이다.

생각을 바꾼다는 건, 남들이 하는 대로 하는 게 아니라, 남들과 다르게 보고, 느끼고, 생각하고, 사는 것이다. 바꾸어 말하면, 소품문은 다른 것을 보고, 다르게 해석하고, 다르게 말하고, 다른 삶을 이야기하는 것이다. 적어도 소품문을 읽으면 다르게 살게 된다. 아니 어쩌면 다른 삶을 살고 있어야 소품문이 가능한지도 모르겠다. 소품문은 진짜 나의 소리와 말과 문체와 삶을 찾아가는 길이다. 이용휴, 이덕무, 박제가 이 세 문인은 그 길을 보여 주고 있다.

2. 소소한 일상에 우주의 이치가!

그렇다면 이용휴, 이덕무, 박제가는 다르고 새롭기 위해 경천동지驚天動地할 만한 문체와 내용으로 무장했을까? '파격'이라는 말이 주는 그 폭발성 때문에 오해하기 쉽지만, 이들의 글은 짧지만 풍성하고, 파격적이지만 잔잔하고, 강렬하지만 평범하다. 이들은 가장 일상적인 것을 말한다. 이들이 표현하는 것은 우리가 늘 접하는 산천초목금수의 모습이며 한미하고 평범한 사람들의 생활이다. 소소하고 하찮아 보이는 일상, 그러나 내 가까이에 있어서 의식하지 않았을 뿐, 없어서는 안 되는 것이며 매일 살아 내고 겪어야 하는 아주 중요한 현실이기도 하다.

　18세기의 소품문 작가들이 발견한 것은 바로 이 소소한 일상이었다. 이들은 거대한 이념이나 진리에 매달리지 않았다. 내가 살고 있는 지금 여기의 현실에 발붙이고, 그들의 움직임에 주목했다. 그렇게 포

착한 주변의 만물 하나하나, 사람들 하나하나는 그들만의 생의 비의秘義와 이치를 지니고 있었다. 이들은 진리나 이념을 말하는 대신 우주와 삶의 이치를 발견했다.

평범하고 일상적인 것 속에 숨어 있는 위대한 삶의 이치를 드러내는 데, 이들의 붓 한 자루면 충분했다. 이들은 끊임없는 독서와 사유로 갈고 닦은 필력筆力, 더하여 기민하고 예민하며 현미경 렌즈처럼 미세한 관찰력 즉 '안목'을 이 붓 한 자루에 쏟아 넣었다. 이 '안목'은 시력뿐만 아니라, 세상만물을 꿰뚫는 심안心眼에서 온다. 심안은 선입견을 가지지 않은 채 만물을 대하는 따뜻하고 섬세하고 공명정대한 마음이다. 소품문 작가들은 필력과 심안을 갖추고 세상과 만났다.

『낭송 18세기 소품문』의 1부는 이용휴의 문장으로 구성했다. 이용휴는 남인으로 성호 이익의 조카이자, 천재 학자 이가환의 아버지다. 숙부나 아들보다 이름이 알려지지 않았지만 소품문의 개척자이자 대가로 문단을 주도했다. 과거나 벼슬에 뜻을 두지 않고 백수 선비로, 전업 문장가로 생을 보냈다. '문장가가 소유한 것만이 진짜 소유로, 조물주도 빼앗을 수 없다'고 자부했던 이였다.

이용휴는 잃어버린 '원래의 나'를 찾는 일에 몰두했다. 빈부귀천·염량세태에도 흔들리지 않는 나, 식견이나 욕망에 부림당하지 않는 나, 세상의 노리개가 되지 않는 나로 돌아가는 길을 문장으로 보여 주었다. 그래서 대중의 삶에 부합하거나 욕망만을 따르는 것이 아닌 오로지 '마음의 이치'대로 살아가는 방법과 사람들에 대해 이야기했다.

'진짜 나'를 찾기 위해 이용휴가 주목한 것은 '주체, 삶, 정치, 죽음, 학문'이었다. 그래서 이 책에서는 그의 문장을 다섯 가지로 분류했다. '나에게로 가는 길', '우리네 삶의 이야기', '혜환의 목민심서', '마음 편히 잘 가시게!', '학문의 길, 문장의 도'라는 제목 아래 작품을 배치하였다. 이용휴에게 이 모든 일은 잘 살기 위한 방법으로, 특별히 영웅적인 어떤 것이 아니었다. 이용휴는 아주 뛰어난 존재들의 특별한 삶이 아니라, 아주 평범한 존재들이 한결같이 꾸려 가는 일상의 삶을 담담하게 그려 냈다. 정치에 대해 이야기할 때도, 누군가를 애도할 때에도 그는 담담했다. 제 근본으로 돌아가는 것이 가장 좋은 삶이라 여겼던 이용휴는 욕심을 부리지 않고 소박하게 정치를 말하고 죽은 이를 전송했다.

『낭송 18세기 소품문』의 2부는 이덕무의 문장을 모아 엮었다. 이덕무는 서얼의 신분으로 극심한 가난 속에서 살았던 문인이다. 몸이 허약하여 병치레도 많았지만, 그의 생을 지탱해 준 것은 책이었다. 자신을 '책만 보는 바보'看書癡라 부르며, 책을 읽고 탐구하는 것 이상을 바라지 않았다.

아포리즘 형태의 글을 많이 썼는데, 섬세하기로는 이덕무를 따라올 자가 없을 것이다. 현미경으로 본 것처럼 사물의 미세한 모양과 움직임을 그려내는 데는 전무후무하다 말해도 지나치지 않다. 그가 그려낸 사물은 대단한 존재들이 아니었다. 모기, 족제비, 쥐, 고양이, 개미떼, 눈[雪] 등 우리 곁에 흔히 있지만 보통은 주목하지 않는 사물들이었다. 이덕무는 특별한 존재가 아니라 사시사철 일어나는, 그 생동하는 자연을 섬세하게 관찰하고 그 속에서 생의 이치를 찾아냈다. 이덕무는 만물 각각의 소리[聲]·색깔[色]·마음[情]·상황[境] 모두를 생생하게 그려 냈다. 참으로 섬세하고 아름답다. 이것만으로도 이덕무의 글을 읽는 즐거움은 남다르다.

이덕무의 글은 책, 관찰기, 벗에 집중되어 있다.

관찰기에는 단순히 사물의 모양이나 상태를 묘사한 것에서부터 이치와 감정을 드러내는 글까지 다양하다. 이덕무의 솜씨가 제일 잘 드러나는 글은 역시 관찰기이다. 그래서 이 책에서는 이덕무의 글들을 다섯 가지 주제로 나누었다. '책이 좋다', '간서치의 관찰일지', '벗이 있으니 기쁘지 아니한가', '간서치의 격물치지', '간서치의 천 마디 말, 만 마디 말'이라는 제목 아래 이덕무의 문장을 배치했다.

이 책의 3부에는 박제가의 문장을 모았다. 박제가는 소품문의 대가로 알려져 있는데, 현전하는 작품은 산문보다 시가 훨씬 많다. 시는 제외했기 때문에 편수로는 박제가 작품이 제일 적다.

박제가는 서얼로 이덕무와 평생의 지기였다. 소심한 이덕무와 다르게 거침이 없었고 격렬했다. 서얼의 신분으로 세상에 나설 수 없음을 한탄했으나, 할 말을 거침없이 하는 스타일로 그의 문장도 거침이 없어 시원하게 느껴진다.

박제가는 통념에 사로잡히거나 격식에 갇혀 있는 세상을 혐오했다. 박제가가 평생 심혈을 기울였던 과업은 통념의 각막을 벗겨 내고 독보적인 나를 세우는 것이었다. 조선 사회의 우물 안 개구리 식의 사고, 격식을 중시하여 진부하기 짝이 없는 문장, 신분에 갇혀 인재를 등한시하는 사회 시스템 등, 박제가는 평생을 이런 통념과 싸웠다. 박제가는 조선 사대부들을 비판하며 개혁을 외쳤다.

그의 글은 섬세하지만 강렬하고, 아름답지만 급진적이었다. 그래서 박제가는 평범함을 거부했다. 오히려 그 누구도 아닌 단 하나의 나, 다른 이들과 완벽하게 구별되는 '나'를 강조했다. 박제가의 이 '나'는 그래서 이용휴의 천진한 '나', 소박하고 욕심 없는 '나'와는 구별된다. 세상 사람과는 다른 나라는 점에서는 같지만 그 '다름'이 의미하는 것에는 차이가 있다. 박제가는 가난하기보다는 부자이기를, 겸손하기보다는 내세우기를, 검소하기보다는 화려하고 사치한 나를 더 드러내고 싶어 했기 때문이다. 이런 욕망의 긍정은 실로 조선 후기 선비들에게서는 보기 힘든 모습으로, 박제가이기에 가능한 솔직함이라고 할 수 있다.

박제가의 문장은 어떻게 하면 사람들의 단단한 각막을 벗겨 낼 것인가에 집중되어 있다. 그것은 청나라에 대한 각막이요, 친구 사귐에 대한 각막이요, 문장과 학문과 예술에 대한 각막이었다. 그리고 이 주제와 관련되지 않지만, 이 책에는 박제가를 보여 줄 수 있는 편지와 제문을 포함시켰다. 그래서 '청을 배우자! 조선을 바꾸자!', '하늘 아래 지극한 사귐', '박제가의 세상 보기', '곡진한 마음을 전하다'의 네 주제로 박제가의 작품을 분류했다.

이들의 소품문은 우리들에게 잔잔한 깨우침을 준다. 폭발적이지는 않지만 심오하고 끈질기게 생각을 바꾸고 우리의 일상을 바꾸게 하는 힘을 준다. 그래서 이덕무의 말대로, 소품문의 낭송은 양생養生이다. 이들의 글을 땀나게 낭송하다 보면 맺힌 마음이 풀리고, 슬프고 격렬한 마음이 가라앉는다. 마치 복숭아꽃 물결을 이루는 화창한 봄날, 새들의 평화로운 기상을 봤을 때처럼 그렇게 스르륵 화평해질 것이다. 하여, 이들의 소품문을 낭송하고 있노라면, "웃음 속의 칼과 마음속의 화살과 가슴속의 서 말 가시가 말끔히 사라져, 한 오라기 깃털조차 남아 있지 않을"(이덕무) 것이다.

이용휴, 이덕무, 박제가의 글은 '한국문집총간'의 영인본을 저본으로 삼았다. 이용휴의 글은 영인본 『탄만집』과 국립중앙도서관 소장본 『혜환잡저』를, 이덕무의 글은 영인본 『청장관전서』를, 박제가의 글은 영인본 『정유각집』에서 해당 글의 원문을 찾아 번역하였다.

*　*　*

『낭송 18세기 소품문』을 엮으면서 많은 사람들과 즐거움을 나누었다. 오창희 선생님과는 엮은이로서 함께 작품을 고르고, 번역을 하고, 문장을 다듬으며 공부의 기쁨을 나누었다. 원문을 통해 이용휴, 이덕무, 박제가의 문장이 주는 맛에 흠뻑 취할 수 있었다. 더불어 윤문 작업에 동참해 준 달집과 용재에게도 고마운 마음을 전한다.

그리고 정말 뜻하지 않은 수확을 얻었다. 일명 '드림팀'이 만들어진 것이다. 막강 드림팀의 일원 장금, 기원, 민경에게 고마운 마음 전한다. 이들은 낭송집을 위해 시간을 내어 읽어 주고 문장을 다듬어 주었다. 윤문을 하는 동안 낭송의 호흡에 맞지 않으면 단호하게 지적하고 가차없이 수정해 주었다. 낭송의 달인이 윤문도 잘한다는 놀라운^^ 사실을 깨닫는 순간이었다.

드림팀의 이름은 꿈을 이룬다는 의미의 '드림'이면서, 언제 어느 곳에서나 낭송해 '드림', 윤문해 '드림'의 '드림'이기도 하다. 이들과 함께 윤문한 덕분에 말할 수 없이 즐거웠다. 책을 만드는 과정에서 이렇게 소중한 도반을 만났으니, 이용휴, 이덕무, 박제가 이 세 분의 문장가는 나의 천을귀인天乙貴人임에 틀림없다.

아! 해와 달은 쉬지 않고,

사람의 마음은 항상 새롭다.

이들은

신령스런 정기와 지혜로운 천성에서 나왔으니,

어찌 옛것을 답습하고

썩은 것을 거두어들일 필요가 있겠는가?·

그러므로 거문고를 잘 타는 사람은

악보가 필요 없고,

글씨를 잘 쓰는 사람은

서첩이 필요 없으며,

시를 잘 쓰는 사람은 법식이 필요 없다.

잘 변하기 때문이다.

낭송Q시리즈 북현무
낭송 18세기 소품문

이용휴 편

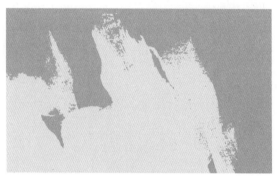

이용휴 편

1부
나에게로 가는 길

1-1.
나를 지키며 살기

나와 다른 사람을 견주어 보면, 나는 가깝고 다른 사람은 멀다. 나와 사물을 견주어 보면, 나는 귀하고 사물은 천하다. 그런데 세상은 반대로 한다. 가까운 것이 먼 것의 말을 듣고, 귀한 것이 천한 것에게 부림을 당한다. 어째서인가? 욕망이 밝은 것을 가리고, 습관이 참된 것을 어지럽히기 때문이다. 이 때문에 좋아하고 미워하며 기뻐하고 성내는 것부터 행하고 머무르며 굽어보고 우러러보는 것까지 세상이 하는 대로할 뿐 주체적으로 하지 못한다. 심한 경우에는 말과 웃음, 얼굴 표정과 모습까지도 저들의 노리개가 되고 만다. 정신精神과 생각, 땀구멍과 뼈마디 그 어느 것도 나에게 속한 것이 하나도 없다. 부끄러울 따름이다.

나의 벗 이처사李處士는 옛날 사람의 풍모와 마음을

지니고 있다. 마음에 담장을 치지도 않고, 겉치레에 신경 쓰지도 않는다. 그러므로 마음에는 지키는 바가 분명하다. 평생 남에게 벼슬을 구한 적도 없고, 특별히 좋아하는 사물도 없었다. 오직 아버지와 아들이 서로를 지기知己로 삼아 위로하고 격려하며 부지런히 움직여 힘껏 먹고 살 따름이다. 처사는 손수 심은 나무가 수백 그루가 넘는데, 뿌리며 줄기며 가지며 잎이며 그 한 치 한 자마다 아침 저녁으로 물을 주고 북돋워서 키운 것이다. 나무가 잘 자라서 봄에는 꽃을 선사하고, 여름에는 그늘을 제공하며, 가을에는 열매를 안겨 주니, 처사의 즐거움을 알 만하도다.

처사는 또 동산에서 재목을 가져다 작은 암자 한 채를 짓고, '아암'我菴이라는 편액을 달았다. '아암'은 사람이 날마다 행하는 일이 모두 나로부터 나온다는 사실을 드러낸 것이다. 일체의 영광과 칭송, 권세와 이득, 부귀富貴와 공명功名은 저 바깥의 일이라 여기고, 천륜의 화목함에 즐거워하며 본업本業에 힘을 쏟았다. 처사는 분수에 편안했으며, 가야 할 바를 알았던 것이다. 어느 날 처사를 찾아가 암자 앞 늙은 나무 아래에 앉아, "남과 나는 평등하며 만물은 일체이다"라는 주제를 놓고 강론할 수 있기를 기다린다. _「아암기」
(我菴記)

1-2.
처음의 나로 돌아가라!

옛날 처음의 나는
순수한 천리天理의 본성 그 자체였지.
점차 지각이 생겨나면서
본성을 해치는 것 어지럽게 일어났다네.

식견이 본성에 해가 되고,
재능도 본성에 해가 되어
습관화된 마음과 습관화된 일들
뒤얽혀서 풀어 내기 어렵게 되었네.

다른 사람 받들어
아무 어른, 아무 공公 하며,
치켜세우고 권위에 빌붙었지.

어리석은 무리들 화들짝 놀라 어쩔 줄 몰라 했네.

옛날 처음의 나를 잃어버리자
참된 나[眞我]는 숨어 버렸지.
억지로 만들어진 일들
나를 타고 함께 나가 버려 돌아오지 못하네.

오래 떠나 있다 문득 돌아갈 생각하네.
마치 꿈에서 깨어나니 해가 높이 솟아 있는 것과 같
구나.
훌쩍 몸을 돌이키니
어느새 집으로 돌아왔도다.

집안의 모습일랑 예전과 다를 바 없지만,
내 몸의 기운은 맑고도 편안하도다.
차꼬를 풀어내고 형틀에서 벗어나니
마치 오늘 태어난 듯하구나.

눈이 더 밝아진 것도 아니고,
귀가 더 밝아진 것도 아니라네.
타고난 눈과 귀의 밝기가
옛날과 같아졌을 뿐이라네.

수많은 성인들 그림자처럼 지나왔으니,
나는 나로 돌아가고자 하네.
어린아이나 어른이나
그 마음은 다를 것 없다네.

나로 돌아와 점차 신기한 마음 사라지면
딴 생각으로 달려가기 십상이지.
만약에 다시금 나를 떠난다면
돌아올 날 기약할 수 없으리.

향 사르고 머리 조아리며
신과 하늘에 맹서하노니,
"이 한 몸 다 마치도록
나와 함께 살아가겠노라."

_「환아잠」(還我箴)

1-3.
구도求道란 생각을 바꾸는 것

오래된 살구나무 아래 작은 집 한 채가 있다. 횃대와 시렁과 작은 책상 등이 방의 삼 분의 일을 차지한다. 손님 몇 사람이 앉으면 무릎이 서로 부딪칠 정도로 방이 아주 작고 좁다. 그러나 주인은 편안히 거처하며 책을 읽고 도를 구할 뿐이다. 내가 말했다. "이 방 안에서 몸을 돌려 앉으면, 방위方位가 바뀌고 명암明暗이 달라진다네. 구도求道란 생각을 바꾸는 데에 있다네. 생각이 바뀌면 따르지 않는 것이 없다네. 그대가 나를 믿는다면, 그대를 위해 창을 열어 주겠네. 한 번 웃는 사이에 어느새 환하고 툭 트인 경지에 오를 것이네." _「행교유거기」(杏嶠幽居記)

1-4.
마음의 이치를 따르라!

바람이 동편으로 불면 동쪽을 향해 가고, 바람이 서
편으로 불면 서쪽을 향해 간다. 세상이 다 한쪽으로
쏠리는데 피하려 한들 피할 수 있겠는가? 걸으면 그
림자가 따르고, 소리쳐 부르면 메아리가 따른다. 이
는 또 나에게 달린 것이니, 피할 수 있겠는가? 그렇다
면 그림자와 메아리가 묵묵히 앉은 채로 자기의 몸이
사라지기를 기다릴 것인가? 이러한 이치는 없다.
또 어찌하여 상고시대의 의관을 갖추지 않고, 중화의
언어를 쓰지 않는가? 자기 시대의 제도를 따르고, 자
기 나라의 풍속을 따르기 때문이다. 이것은 뭇별들이
하늘의 운행을 따르고, 온갖 하천이 땅의 운행을 따
르는 이치와 같다.
이치를 따른다 할지라도, 자신만의 성질과 의지를 세

워야 하는 경우도 있다. 천하 사람들이 모두 주나라를 받들 때 백이와 숙제는 오히려 이러한 추세를 부끄러워했다. 가을에 온갖 초목들이 시들어 갈 때 소나무와 잣나무는 푸르름을 잃지 않는다. 이것이 바로 자신을 세우는 경우이다.

물론 이와 반대의 경우도 있다. 아! 우 임금은 나체족의 나라를 방문했을 때 바지를 벗으셨고, 공자는 노나라 사람들이 하듯 엽각獵較: 사냥한 동물의 숫자를 헤아려 승부를 가리는 일을 따르셨다. 모두가 하나 되는 '대동'大同의 이치를 어길 수 없었기 때문이다.

그렇다면 오직 대중을 따라야 하는가? 아니다. 마땅히 이치를 따라야 한다. 이치는 어디에 있는가? 마음에 있다. 모든 일은 반드시 마음에 물어야 한다. 마음이 편안하면 이치가 허락한 것이니 행하고, 마음이 편안하지 않으면 허락하지 않은 것이니 그만두어야 한다. 이와 같이 하면 따르는 일마다 바르게 되어 저절로 하늘의 법칙과 같아질 것이다. 그러므로 한결같이 마음을 따르면 길흉화복의 운수와 귀신도 그 뒤를 따를 것이다. _「수려기」(隨廬記)

1-5.
칠 척 몸뚱이에 부림을 당하면?

부채질하여 바람을 일으키고, 물을 뿜어 무지개를 만든다. 재를 뿌려 달무리를 일그러뜨리고, 끓는 물로 여름에 얼음을 만든다. 나무로 만든 소를 걸어 다니게 하고, 구리종을 저절로 울게 한다. 소리로 귀신을 부르고, 기氣로써 뱀과 범을 막아낸다. 서쪽 끝에서 동쪽 바다로 잠깐 사이에 생각이 미치고, 천상으로부터 지하까지 눈 깜짝 하는 사이 생각이 이른다. 백 세대 이전까지 거슬러 기억하고, 천 세대 이후까지 미루어 헤아린다. 옛날의 여러 철인哲人들도 이러한 경지까지 이르지는 못했다. 그런데 오늘날의 사람들은 이토록 큰 지혜와 큰 재능을 가졌음에도 한낱 피와 살로 이루어진 칠 척 몸뚱이에 부림을 당하여 술과 여자와 재물과 혈기血氣에 사로잡혀 있다. 어찌 크게

안타까워하지 않을 수 있겠는가! _「조운거군에게 주다」(贈
趙雲擧)

1-6.
마음의 눈으로 이치를 보라!

눈은 외안外眼과 내안內眼 두 가지가 있다. 외안은 사물을 보고 내안은 이치를 보는데, 이치가 없는 사물은 없다. 외안이 현혹되면 반드시 내안으로 바로잡을 수 있다. 그렇다면 눈의 사용은 전적으로 내안에 있는 것이다. 또 앞이 가리워지고 어지러워지면 마음으로 옮겨 가서 외안이 도리어 내안을 해치게 된다. 그러므로 옛날에, 눈을 뜬 자가 원래의 눈먼 상태로 자신을 돌려놓기를 원했던 것은 이 때문이었다.

재중在中 : 정문조은 지금 나이 마흔이다. 사십 년을 살면서 본 것이 적지 않을 것이다. 지금부터 여든 살까지 산다고 해도 마흔 이전과 다르지 않다면, 훗날의 재중은 지금의 재중과 같을 것임에 틀림없다. 다행히 재중은 외안이 막히어 사물을 보는 데 장애가 있기 때문에 오로지 내안으로만 봐야 한다. 따라서 이치를 보는 눈이 더욱 밝아질 것이니, 훗날의 재중은 반드시 지금의 재중과 다를 것이다. 이렇게 된다면, 눈동자의 점막을 고칠 처방전도 원하지 않고, 금비金箆:물건의 표면을 긁어내는 쇠칼로 눈꺼풀을 긁어내 시력을 찾아준다 해도 원하지 않을 것이다. _「정재중에게 주다」(贈鄭在中)

1-7.
오늘을 살라!
어제는 지났고, 내일은 오지 않았다

사람들이 '오늘'[當日]이 있음을 알지 못하게 되면서
세도世道가 잘못되었다. 어제는 이미 지났고 내일은
아직 오지 않았으니, '하고자 하는 바'를 실행하는 것
은, '오늘'에 달려 있을 뿐이다. 이미 지나간 것은 돌
이킬 방법이 없고, 아직 오지 않은 것은 도달할 방법
이 없다. 비록 삼만 육천 일이 이어져 오더라도, 그날
에는 마땅히 그날에 해야 할 일이 있으므로 다음 날
로 미룰 여력이 없는 것이다.

어찌 그리도 괴이한가. 한가함이란 경전에도 실려 있
지 않고, 성인들도 말하지 않았다. 그런데도 한가함
에 의탁하여 헛되이 하루를 보내는 자들이 있다. 그
러므로 맞물려 돌아가는 이 우주宇宙에서 제 역할을
못하는 사람이 많은 것이다. 하늘은 스스로 한가하지

아니하여 항상 운행하고 있다. 그러니 사람이 어찌 한가할 수 있겠는가?

그러나 사람들마다 하는 일이 한결같지 않아서, 선善한 사람은 선한 일을 하고, 선하지 않은 사람은 선하지 않은 일을 한다. 그러므로 길하거나 흉한 날이 따로 있고, 곤궁하거나 왕성한 날이 따로 있는 것은 아니다. 다만 하루를 어떻게 사느냐에 달린 것이다.

하루가 쌓여서 열흘이 되고 한 달이 되며, 한 계절이 되고 한 해가 된다. 그러므로 사람이 날마다 수양하여 '좋아하고 따를 만한' 선인善人으로부터 '대인大人이면서 저절로 도를 따르는'* 성인聖人의 경지에까지 이르러야 할 것이다.

지금 신군申君은 수양하려는 자로서 자신의 공부工夫가 다만 '오늘'에 있음을 알고, '내일'에 대해서는 말하지 말라. 아! 수양하지 않은 날은 아직 태어나지 않은 상태[未生]와 같으니, 곧 헛된 날인 것이다. 신군은 모름지기 시야를 밝고 환하게 하여, 하루를 헛되

---

* 호생불해가 맹자의 제자인 악정자의 인품에 대해서 묻자, 맹자가 답하면서 그 도와 덕의 정도에 따라 사람을 분류했다. 수양을 하면, 좋아하고 따를 만한[可欲] 선인(善人), 선을 자기 몸에 지닌[有諸己] 신인(信人), 선에 힘써 안이 꽉 찬[充實] 미인(美人), 안이 꽉 차서 빛이 나는[充實而有光輝] 대인(大人), 대인이면서 저절로 도를 따르는[大而化] 성인(聖人)의 단계로 점차 올라갈 수 있다. _『맹자』「진심장하」(盡心章下)

이 보내지 말고, '오늘'을 살도록 하라. _「당일헌기」(當日
軒記)

이용휴 편

2부
우리네 삶의 이야기 :
좋은 삶에 대하여

2-1.
이곳에 사는 선비, 이곳에서 찾아라

바로 여기에 산다[此居]! 이 사람이 이곳에 산다. 이곳
은 곧 이 나라 이 고을 이 마을이다. 이 사람은 나이
는 젊으나 식견이 고상하며, 고문古文을 좋아하는 기
이한 선비이다. 만약 이 사람이 알고 싶다면 마땅히
이 기문記文에서 찾아야 하리라. 그렇지 않으면 비록
쇠로 만든 신이 뚫어져라 대지를 밟고 다녀도 끝내는
알지 못할 것이다. _「차거기」(此居記)

2-2.
선인仙人과 범인凡人이 갈리는 길목

이름난 산에는 말과 수레가 몰려들어, 속세의 더러운
때와 먼지가 나날이 쌓여 간다. 정유년^{1777년} 가을 8
월에 하늘에서 큰 비를 내려 온 산을 말갛게 씻어 주
었다. 산의 본래 면목이 이제야 드러났다.

글을 잘 짓고 기이함을 좋아하는 선비, 신문초申文初 :
신광하가 이 말을 듣고 길을 떠났다. 산을 사람에 비유
하건대, 비오기 전은 병들고 꾀죄죄한 모습이라면,
지금은 세수하고 목욕하고 단장하고서 정중히 손님
을 맞는 때의 모습인 것이다. 신문초가 지금 떠난다
니 얼마나 다행인가.

신문초가 동쪽으로 유람을 떠나는 날은 식년시式年試 :
초시, 삼 년마다 시행되는 과거시험에 합격한 선비들이 회시會試
: 초시에 합격한 사람이 두번째 단계로 보는 과거시험를 보러 가는 날

이다. 이것이 또한 선인仙人과 범인凡人이 갈리는 길목

이다. _「금강산으로 유람을 떠나는 신문초를 전송하며」(送申文初遊金剛

山序)

2-3.
수백 년 뒤에도 기억될 사람

장부丈夫로 세상에 태어났으면 마땅히 우뚝하게 홀로 서서 자신의 뜻을 행해야 한다. 어찌 차마 칠 척 장부의 몸으로 과거시험 문제집이나 전곡錢穀 : 돈과 곡식 출납부 속에 파묻혀 살 수 있겠는가? 정일사鄭逸士가 삼한三韓의 아름다운 산수를 다 유람하고, 이제 바다를 건너 탐라耽羅에 들어가 한라산을 유람하려고 한다. 이 소문을 들은 자들은 그를 비웃는다. 비웃는 것은 속된 기운[俗根]이 골수骨髓에 박힌 사람들이나 하는 짓이니, 고루하구나. 그러나 수백 년 뒤까지 남을 사람은 비웃는 자이겠는가, 비웃음을 받은 자이겠는가? 나는 알지 못하겠다. _ 「바다를 건너 한라산을 유람하는 정일사를 보내며」(送鄭逸士入海遊漢挐山序)

2-4.
그칠 때를 아는 자

서울의 경내는 열기로 가득한데, 수만 명의 사람들이
여전히 성문을 넘어온다. 들어오는 사람은 있어도,
떠나는 사람은 없다. 어쩌다 떠나는 경우는 좌천되었
거나, 아니면 쫓겨난 것이다. 이런 경우가 아닌데 집
으로 돌아가는 것이라면, 그칠 때를 알아 물러나기
를 좋아하는 군자일 터, 어찌 쉽게 할 수 있는 일이겠
는가? 평창平昌 이공李公：이광부은 젊은 시절 조정에 들
어가 품계를 쌓아 정헌正憲에 이르렀고, 여러 관직을
역임하다 지중추知中樞에 올랐다. 그런데 지금 늙었다
아리고 소성邵城：오늘의 인천의 옛집으로 돌아간다.

대개 벼슬살이 중에는 슬프거나 기쁘거나, 만족스럽
거나 괴로운 마음이 수시로 교차하고, 옳거나 그르거
나, 한편이 되거나 등지는 따위의 일들이 날마다 눈

앞에서 바뀌어 간다. 그렇지만 이공은 언제나 편안했다. 마치 근원이 되는 샘은 가뭄이나 장마에도 줄거나 넘치는 일이 없는 것처럼, 순금은 두드리거나 담금질해도 성질이 변하거나 모양이 바뀌지 않는 것처럼, 이공 또한 그러했다. 그리고 바람이 불어도 채찍을 잡고 눈이 내려도 말 잔등에 올라 역로를 달렸으며, 새벽 북이 울릴 때부터 한밤에 촛불을 켤 때까지 세심하게 소송장을 살폈다. 이로 인해 견고한 자질은 더욱더 단단해졌다.

지금 성인영조를 말함이 즉위하시어 보령寶齡 : 임금의 나이를 높여 부르는 말이 많으신데, 성인이 태어나신 해는 갑술년이었다. 이해에 태어난 신하들 중에 귀하고 영달하며 장수한 이가 많았으니, 공 또한 그 중에 한 분이셨다. 비유하자면, 해가 동쪽에서 뜰 때, 해 가까이의 구름과 안개가 모두 해의 기운을 받는 것과 같으니, 어찌 성대하지 않은가?

쉽게 쏠리는 자들은 세상일에 휩쓸리지 않으면 조물주에 휘둘린다. 휩쓸리지 않고 휘둘리지도 않으면서 스스로 주인이 되고 스스로 행하는 사람이어야만 마침내 몸과 마음을 편안히 갖는다. 공이 바로 그런 분이다.

공이 이미 물러나, 관청에 발길을 옮기지 않고, 관리

들과 서류를 주고받지 않게 되었다. 공은 이제 초야에 묻힌 백성들과 벼슬에서 물러난 노인들과 더불어 날마다 산길과 숲길 사이를 유유자적 하리라. 요지연의 샘물에서 양치질하고 송화가루를 먹을 테니, 몸은 더욱 건강해지고 기운은 더욱 왕성해질 것이다. 하여, 재상이면서 장차 신선이 될 것이다. _ 「삼가 인주로 돌아가는 지중추부사 이공을 전송하면서」(奉送知中樞李公歸仁州序)

2-5.
마음으로 그리는 집

나는 일찍이 이런 상상을 한 적이 있다. "깊은 산속이나 사람과 절연된 골짜기일 필요는 없다. 도성 안에 구석지고 고요한 곳을 골라 몇 칸 집을 짓는다. 방안에는 거문고와 서책과 술동이와 바둑판을 놓는다. 돌로 담을 쌓고 약간의 땅을 개간하여, 울긋불긋 아름다운 나무를 심어 새들을 오게 한다. 그 나머지는 밭을 만들어 채소를 심고, 그것을 캐어 술안주를 장만한다. 콩 넝쿨과 포도 넝쿨을 우거지게 하여 서늘한 그늘을 맛본다. 처마 앞에는 줄지어 꽃을 심고 돌을 늘어놓는다. 꽃은 구하기 어려운 것은 심지 않고, 사시사철 번갈아 피어나는 꽃을 심겠다. 돌은 가져오기 어려운 것을 구하지 않고, 작으면서 야위어 뼈대가 드러난 돌을 구할 것이다. 뜻이 맞는 친구를 이웃으로 삼아, 함께 집을 짓고 그 규모나 모양을 서로 어울리게 한다. 대나무를 엮어 사립문을 만들어 자유롭게 오가되 난간에 서서 이웃을 부르면 말이 끝나기도 전에 벌써 그의 신이 섬돌에 놓인다. 비바람이 심하게 몰아쳐도 서로 왕래하기를 그치지 않는다. 이와 같이 여유롭게 노닐며 늙어 간다." 이제 우연히 구곡동九曲洞에 들어가서 서씨徐氏와 염씨廉氏가 사는 곳을 보니 완연히 마음으로 그리던 그곳이었다. 마침내 글로 옮겨 기문記文으로 삼는다. _「구곡유거기」(九曲幽居記)

2-6.
초상화 너머 김홍도란 사람은?

다른 사람이 다른 사람을 그리면 그 사람의 곱고 추한 모습이 고스란히 드러난다. 그렇지만 내가 나를 그리면 내가 보여 주고 싶은 모습만 드러난다. 이 때문에 김군金君 : 김홍도은 신군申君 : 신윤복에게 자신의 얼굴을 그리게 했다. 이는 대개 옛날의 문인들이 스스로의 서문序文을 쓰지 않고, 명인名人들이 스스로의 전기傳記를 쓰지 않았던 뜻을 따른 것이다.

세상 사람들이 예술가로서 김군을 소중히 여기기에 나도 예술가로서 김군을 소중히 여겼다. 지금 김군의 초상화를 마주하니 옥처럼 빛나고 난초처럼 향기로워 소문보다 훨씬 나았다. 그야말로 한 사람의 온아한 군자君子였다. 이에 김경오金景五 : 이름은 윤서(倫端)와 정성중鄭成仲 : 이름은 사현(思玄)은 이렇게 말했다. "선생님이

후일 김군의 용모와 행동거지를 앞에서 살펴보고 그의 목소리와 기세를 가까이서 들어 보시면, 이 초상화는 오히려 그 사람의 칠 할(割)밖에 표현되지 않았음을 다시금 깨닫게 되실 겁니다." _「대우암 김군의 초상화에 찬하다」(對右菴金君像贊)

2-7.
평생을 한결같이!

효부孝婦 허씨許氏는 율원栗園 이옹李翁:이함휴의 아들 규
환圭煥의 아내이다. 시부모를 섬기는 데 정성과 예의
를 다했으니 효부라 이를 만하다. 찬贊하여 말한다.
"혹 세상 사람들이 입을 삐죽여 불평하고 다투는 소
리를 듣게 되면 나는 귀를 막았다. 내 귀가 더럽혀질
까 두려웠기 때문이다. 『시경』과 『서경』을 익혀서도
아니요 명예名譽를 탐내서도 아닌데, 허씨許氏 집 딸은
시부모를 잘 섬겼도다. 가려운 곳은 긁어 드렸고, 요
강은 깨끗이 씻어 드렸으며, 부드럽고 맛있는 음식으
로 봉양했으며, 옷에 때가 타면 잿물을 타서 빨아 드
리고, 옷이 찢어지면 꿰매 드렸다. 평생토록 고달프
게 여기지 않고 달게 여겼다. 이는 있는 힘을 다하여
어버이를 섬기고, 그 뜻을 봉양한 것으로 아녀자 중

에 증삼曾參: 공자의 제자로 부모님의 몸만이 아니라 뜻까지 봉양한 효 자이라 이를 만하다. 비녀를 꽂은 아녀자로 이와 같이 하였으니, 갓 쓰고 수염 난 지아비들도 깨우칠 수 있 을 것이다." _「효부 허씨를 찬하다」(孝婦許氏贊)

2-8.
궁경躬耕과 설경舌耕,
몸으로 밭갈고 혀로 밭갈고

사람이 지상에 던져지면 곧 입으로 먹을 것을 취하니, 이것은 태어나서 가장 먼저 도모하는 신체의 일이다. 그런데 음식은 밭을 갈아야 얻을 수 있으니, 이것이 가장 시급한 일이다. 다만 먹기만 하고 배우지 않으면 부리로 쪼는 새나 되새김질하는 짐승과 다를 게 없다. 그러므로 또 반드시 책을 읽고 이치를 탐구해야 하니, 이것이 가장 중요한 일이다.

비록 그렇다 하더라도, 현달하여 위에 있는 자들은 조정朝廷에서 계책을 세우느라 밭을 갈 겨를이 없다. 출세하지 못해 아래에 있는 자들은 밭과 들에서 일하느라 비에 젖고 진흙으로 범벅되어 또한 배울 겨를이 없다. 그러니 본업에 힘을 쓰고, 배움에 뜻을 다해야만 한다.

사농공상 사민四民 중에 이 둘을 다 잘하는 사람이 있으니, 나의 벗 남처사南處士이다. 처사는 선대로부터 물려받은 밭이 있어 몸소 씨 뿌리고 수확하여 아침저녁 끼니를 해결하였다. 스승의 문하에서 경전을 배웠으므로, 입으로 외우고 풀이하여 자손子孫을 가르치며 이렇게 말했다. "이는 옛사람이 궁경躬耕하고 설경舌耕하신 뜻을 본받은 것이로다." 이 뜻을 취하여 그가 사는 오두막의 이름으로 삼았다.

아! 처사의 세대까지는 전답이 밭두둑 사이로 길게 이어졌고, 서가에는 만 권의 책이 꽂혀 있었다. 그런데 수십 년도 안 되어 남은 게 없었다. 까닭을 물으니 "집안의 어떤 이가 도박을 하고 술과 고기에 빠졌기 때문입니다"라고 했다. 그런데도 처사는 이전과 다를 바 없이 일했으니, 힘쓸 바를 안다고 말할 수 있다. 그를 위해 명銘을 짓는다. "사방을 둘러보니, 넓고 좋은 밭이로다. 잡초가 날로 자라 무성한데, 곰방메흙덩이를 깨뜨리거나 골을 다듬으며, 씨 뿌린 뒤에 흙을 고르는 데 사용하는 농기구와 호미를 쓰지 않는구나. 누가 이 밭을 다스리는가? 남씨南氏 어른이로다. 가을이 되자 곡식이 여물어 구슬 같은 낟알이 곳집에 가득하도다. 내가 부지런히 밭갈고 씨뿌리니, 하늘이 풍년으로 보답하는구나." - 「이경와기」(二耕窩記)

2-9.
의원의 마음

누구나 생명을 부여받아 사람이 되었지만, 목숨을 주관하는 일은 관리와 의원만이 할 수 있다. 그런데 관리는 사랑을 베풀되, 엄하게 해야 한다. 게다가 관리는 지역에 국한되어 사랑을 두루 펼칠 수가 없다. 사랑을 오롯이 펼치며, 널리 베푸는 일은 의원만이 할 수 있다.

백 년을 '기'期라고 일컫는 이유는, 사람의 수명이 백 년으로 한정되어 있기 때문이다. 그러나 칠정七情에 휘둘리고, 온갖 독에 마비되어, 백 년까지 사는 사람은 만 명 중 한 명에 불과하다. 이에 천지생물天地生物의 특성을 파악한 의원이 탕액湯液, 침, 뜸을 만들어 사람을 살린 것이다.

의술의 혜택은 공평하고 넓어서 병으로 찾아오는 사

람이 있으면 친하거나 소원하거나, 귀하거나 천하거나 가리지 않고 치료를 해준다. 더구나 처방에 효험이 있으면 그뿐, 병에서 회복된 사람이 가까이 살든 멀리 살든 굳이 기억하지 않는다. 저 소인배들은 가까운 친척이나 중요한 형세가 아니면 급박한 일에도 마음을 움직이지 않는데, 의원을 소인배로 취급해서야 되겠는가?

부모를 사랑하지 않는 자식은 없으니 자식은 부모가 오래 살기 바라고, 자식을 사랑하지 않는 부모는 없으니 부모는 자식의 병을 근심한다. 오래 살고 병을 없애려면 약을 먹어야 한다. 사람은 누구나 이런 마음을 갖는다. 그러므로 의원은 자신의 마음을 미루어 다른 사람의 마음을 헤아리니, 이것이 어질고 은혜로운 마음을 널리 펼치는 이유이다.

김래장金來章 군은 글을 읽어 사물의 이치를 궁구하였으며, 아울러 황제와 헌원씨의 의학을 탐구하는 데도 힘을 쏟았다. 깨달은 말이 있으면 혼자만 간직하지 않고, 묻는 이가 있으면 반드시 알려 주었다. 김군은 늘 말했다. "나는 동포 보기를 나를 보는 것과 같이 한다." 어진 사람의 말이다.

아! 사람의 곤궁과 현달은 그 사람의 지위와 상관이 없다. 높은 벼슬아치로 큰 집에서 좋은 음식을 먹으면서도 그 혜택이 백성에게 미치지 못하면, 이는 곤궁한 사람이다. 유생으로 소매가 넓은 옷을 입어도 그 은혜가 여러 사람에게 베풀어지면, 이는 현달한 사람이다.

김군은 여러 번 과거시험에 응시했으나, 매번 낙제하였다. 그리하여, 물러나 덕을 베푸는 데 더욱 힘썼다. 이렇게 산다면, 뜻은 실현되고 도는 행해진 것이다.

김군은 자신의 집에 '범애당'汎愛堂이라고 편액을 달았다. 이에 나는 기문을 지어 그 뜻을 풀이한다. _「범애당기」(汎愛堂記)

2-10.
더할 나위 없이 좋은 인생

사대주四大洲 : 불교에서 수미산을 중심으로 한 동서남북 사방의 세계를 말한다에는 셀 수 없이 많은 사람이 사는데, 수명은 똑같지 않다. 어떤 이는 요절하여 수를 누리지 못하고, 어떤 이는 수를 누리지만 몸이 건강하지 못하고, 어떤 이는 건강하지만 자식이 없고, 어떤 이는 자식이 있지만 못나고 어리석다.

임노인任老人은 육십을 지나 칠십으로 향하는데, 발걸음은 민첩하며, 아들들은 현명하고 효성스럽다. 노인이 환갑을 맞이하여 예를 갖추고 손님과 친구를 초대했다. 번갈아 앞으로 나와서 천수를 빌며 잔을 올리니 경사라 이를 만하다.

태평한 시절이 아니라면 어찌 이와 같을 수 있겠는가? 그렇다면 이 경사는 임노인 한 집안의 경사에 그

칠 일은 아닌 것이다. _「임노인의 '주갑경수시첩'에 쓰다」(題任老

人周甲慶壽詩帖)

2-11.
채식주의자가 사는 법

열매를 먹는 것을 '곡穀'이라 하고, 뿌리와 잎을 먹는
것을 '채菜'라 한다. 식초醋와 장醬은 곡식인데 채소
에 맛을 더하고, 콩잎은 채소인데 곡식을 대신한다.
사람에게 꼭 필요한 것은 여기에 다 있다. 이 때문에
"땅에서 나는 털을 먹는다"는 말이 있게 된 것이다.
또 옛날의 제도에 "칠십에는 고기를 먹는다"고 했으
니, 칠십이 안 된 사람은 채소를 먹는 것이다.
지금은 나이가 젊어도 부유하면 고기를 먹고, 늙어
도 가난하면 채소를 먹으니, 세상이 변했음을 알 수
가 있다. 그러나 이렇게 하는 것은 추세를 따른 것이
지, 본성에 맞는 일은 아니다. 채식이 중요한 이유는
두 가지 예로 말할 수 있다. "생강은 신명神明을 통하
게 하고, 파는 단전丹田을 길러준다." 백성들은 날마다

먹기 때문에 알지 못할 뿐이다.

나의 친구 연성노인蓮城老人은 별도로 자신의 호를 지어 '만채'晚菜라 하였다. 몇 이랑 밭에 채소를 심으니 푸른색 비취색이 어우러져 땅을 덮었다. 이 채소를 따서 데쳐 먹으면 거친 음식이지만 소화가 잘 되었고, 날 것을 씹으면 숙취가 해소되었다. 그리하여 닭, 돼지, 소, 양 등 고기가 생각나지 않았다.

책을 읽는 여가에 지팡이를 끌고 밭두둑 사이를 산책했다. 밭에 꽃들이 수놓은 것처럼 펼쳐 있어 그 사이를 지나면 향기가 옷에 가득했다. 문득 이 세상이 아니라 저 신비한 구씨 노인의 밭*에 있는 듯했다.

스스로 "채소에 대해 나만큼 깊이 아는 자는 없을 것이다"라고 말하니, 이제야 본격적으로 채소와 만났다고 할 수 있다. 사람들은 만채의 가난을 비웃어, 고기를 먹고 싶지만 그럴 수 없어서 채소를 먹는 것이라 생각한다. 하지만 그렇지 않다. 만채가 고기를 먹으려고만 한다면 충분히 먹을 수 있다. 닭, 개, 돼지

---

* 구포상상構圃想想 : 구씨 노인의 밭을 상상한다는 뜻. 당나라 고종이 방술사 명숭엄에게 참외를 먹고 싶다고 하자, 숭엄은 황제에게 100전을 요구했고, 이 돈을 받자마자 순식간에 참외를 바쳤다. 이 참외가 어디서 왔는지 묻자 숭엄은 구씨 노인의 밭에서 얻은 것이라고 하였다. 황제가 사실인지 알아보려고 노인을 불렀더니, 과연 그의 말대로였다. 구씨 노인의 밭에 참외는 사라지고 그 자리에 100전이 묻혀 있었던 것이다.

등은 사람이 쉽게 기를 수 있기 때문이다. 그러므로 나는 말한다. "만채의 채식은 본성이다. 늘그막에 비로소 좋아진 것이 아니라, 늘그막에 더욱 좋아진 것이다."

아! 동물을 도살하면 피와 살점이 여기저기 흩어지니, 먹고 싶은 것을 참아서 인의 단서[惻隱之心 : 측은한 마음]를 넓히지 않을 수 있겠는가? 비린내 나는 고기를 먹었을 때와 향기 나는 풀을 먹었을 때 오장육부五臟六腑에서 발산되는 것은 같지 않다. 비유하자면, 원객園客의 누에가 오색실을 뽑아내는** 까닭은 범상한 누에와 먹는 것이 다르기 때문이다. 만채의 시문詩文이 찬란히 문채를 이룬 것은 당연하다. 천부天賦의 재질이 뛰어날 뿐만 아니라, 향기 나는 풀을 먹어 발현된 것이 다르기 때문이다.

나는 근래에 아침저녁으로 한 소반의 채소를 먹는다. 만채를 위해 기문을 지으니, 채소의 맛을 모르는 자들이 만채를 이해하는 바와는 다를 것이다. _「만채재기」(晚菜齋記)

**원객(園客)의 실 : 원객은 옛날 선인(仙人)의 이름. 원객이 항상 오색향초(五色香草)를 심어 가꾸었는데, 하루는 갑자기 오색나방[蛾]이 날아와서 향초 위에 앉으므로 원객이 향초 위에 베를 깔아 주니 그 나방이 누에씨를 낳았다. 누에들은 오색향초를 먹고 오색실을 토했다고 한다.

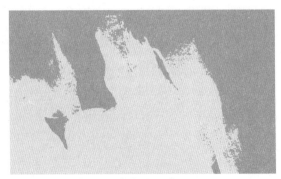

이용휴 편

3부
혜환의 '목민심서'

3-1.
군주는 비우고 백성은 채워라!

군주로부터 아래로 내려가면
맨 아래에는 백성이 있다.
백성으로부터 위로 올라가면
맨 위에는 군주가 있다.
그 등급은 현격하게 차이가 나지만
그 형세는 서로 관련되어 있다.
서로가 필요하고 서로가 바탕이 되니
백성은 또 그 사이의 근본이라네.
근본이 단단하면 편안하고
근본이 단단하지 않으면 거꾸러진다네.

단단하게 하려면 어떻게 해야 하나?
위에 있는 것을 마땅히 덜어 내야 하네.

나의 내탕고왕실의 창고를 덜어 내고
저 높은 나의 곳간 덜어 내며
내 옷에서 화려함을 덜어 내고
내 음식에서 진수성찬 덜어 내네.
덜어 내고 또 덜어 내어
남은 것을 아랫사람에게 돌려주네.
백성은 살찌고 군주는 마른다면
원하는 대로 된 것이네.

나의 창고 살폈을 때
텅 비어 가득하지 않아야 하네.
백성들이 쌓아 놓은 것을 살폈을 때
풍년의 노적가리 같아야 하리.
아득하게 멀고 먼 사방의 영토
모두 나의 바깥 창고라네.
부는 반드시 백성에게 쌓여야 하는 법,
어찌 나에게 있을 수 있겠는가?

하늘이 비와 이슬을 내리면
만물이 비로소 생장한다네.
태양이 그 빛을 나누어 주면
태음은 안에서 받아들이지.

덜어 내는 것이 이익이 됨을
여기에서 볼 수 있다네.

꽃이 무성하고 열매가 많으면
그 뿌리가 먼저 병이 든다네.
화려한 집과 높은 담장은
그 기반이 쉽게 기울지.
이익이 손해가 됨을
여기서 증험할 수 있는 법.

많이 거두어 백성을 착취한다면,
스스로 백성의 살을 씹는 것과 마찬가지라네.
백성들에게 적게 보태어 주고 크게 덜어 낸다면
잠시 배부르다가 바로 끊어지는 것이라네.
세금을 가볍게 하여 백성들을 넉넉하게 해야
기초를 튼튼하게 다지는 것이라 할 수 있지.
군주의 것은 적게 덜어 내고 백성들로부터 크게 보탠
다면
실리를 해치는 것과 같네.
진휼을 의논하여 조칙을 내렸기 때문에
한나라의 왕업이 더욱 융성했네.
국고를 가득 채우려 했기 때문에

당나라의 국록이 마침내는 끝장난 것이네.

선조들이 말씀하셨지.
"군주가 사사로이 축적하지 않고,
아래 백성들이 쌓고 저장하면
이를 일컬어 풍성한 나라"라고.
백성의 위에 있는 자가
어찌 두려워하지 않을 수 있겠는가?

성 안의 재물은
다만 정해진 양이 있으니
위에서 모으지 않아야
아래에서 모을 수 있는 것이네.
재물을 독점하는 것보다는
재물을 함께 하는 것이 낫다네.
장사꾼이 구슬을 감추고
필부匹夫가 옥돌을 품어도
오히려 재앙이 될 수 있으니,
사람의 임금이 되어 어찌해야 하겠는가?

손을 씻고 잠언을 지을 때
삼가 주역의 뜻을 풀어서

군주께 절하고 바치니

그 속에 지극한 경계의 뜻이 깃들어 있네.

_「손상익하잠」(損上益下箴)

3-2.
수령은 햇살이요 촛불이라

국내의 읍성邑城은 모두 330개인데, 고을마다 수령이 있다. 이 330명의 수령은, 성명聖明하신 군주께 재능을 인정받아 백성과 사직을 맡은 사람들이다.

나의 벗 정기백丁器伯 : 정재원(丁載遠), 다산 정약용의 아버지 군은 알성시조선 시대, 임금이 문묘에 참배한 뒤 성균관에서 실시하던 과거에 선발되어 오산鳥山 : 전라남도 화순의 수령을 제수 받았다. 오산은 서울과의 거리가 800리나 되는 먼 곳이다. 서울은 비유하자면 해와 같으니, 해와 가까운 곳은 쉽게 따뜻해지고 쉽게 밝아진다. 해와 멀리 떨어진 곳은 햇살의 따뜻한 힘과 촛불의 밝은 힘을 빌려야 한다. 그대는 햇살이자 촛불과 같은 존재이니 힘쓸지어다.

무엇 때문에 수령을 두는가? 백성들이 하고자 하는

바를 얻게 하려는 것이다. 그렇게 하지 않고, 수백 수천 가구의 백성들을 이용해 자신을 기르는 데만 힘쓴다면, 옳다고 할 수 있겠는가? 『재상수령합주』宰相守令合宙 : 명나라 오백여(嗚伯輿)가 편찬는 세상을 다스리는 일에 관한 책인데, 그대는 읽어 본 적이 있는가? 그 책을 읽어 보면, 정신과 기맥이 서로 통하고 합해져야 살 수 있듯, 수령과 백성이 서로 통하고 합해져야 다스려진다는 것을 알 수 있다. 수령은 백성에게 더욱 중요하고 더욱 가까운 존재이니, 관직이 낮고 녹봉이 적다고 해서 스스로 가볍게 여겨서는 안 될 것이다. 아! 어떤 사람에게 한 광주리의 누에를 받더라도 잘못될까 두려워 정성껏 기르거늘, 어린 자식 같은 백성들은 어떻게 해야 하겠는가?

그대는 한결같이 바른 도만을 따르고, 사사로운 욕심에 빠지지 말라. 백성은 백성의 근본으로 돌아가게 하고, 아전은 아전의 근본으로 돌아가게 하며, 관리는 관리의 근본으로 돌아가게 한 뒤, 잘 다스려졌다고 조정에 보고하라. _「오성의 임지로 가는 정사군을 전송하며」

(送丁使君之任烏城序)

3-3.
하루를 살아도 하루의 책임을 다하라

관리가 지켜야 할 원칙을 한 글자로 말하면 청렴의 '렴'廉이요, 두 글자로 말하면 '공정'公正이요, 세 글자로 말하면 '삼가 법을 지킨다'는 뜻의 '근수법'謹守法이다. 물론 '인'仁은 항상 그 속에 들어 있다.

3년 동안 정사를 집행하는 것은 옛날의 제도이다. 통정通政 : 조선 시대, 문관의 정삼품 당상관(堂上官)의 품계 이상은 옛날의 제도와 같으나, 통정 이하는 3년을 더하여 6년으로 하였다. 위계가 높고 관직이 중대한 경우에는 명성과 덕망이 드러나고 정사에 익숙해서 공을 세우기 쉽다. 위계가 낮고 관직이 가벼운 경우는 이와 반대이다. 그러므로 근무 연수가 두 배가 된 뒤에야 비로소 명성과 덕망이 드러나고 공을 세우기 쉽다.

지금 이군자는 유문(幼文), 이름은 동욱(東郁), 혜환의 사위은 통정

通政 이하인데 경연經筵의 자리에 있다가 외직으로 나가는 것이다. 경연의 신하는 가벼이 나가지 못하고, 나가더라도 오래지 않아, 조정에서 불러들일 수 있다. 그렇지만 하루만 거처하더라도 반드시 하루의 책임을 다해야 한다. 한나라 때 곽림종郭林宗이 하룻밤을 자더라도 여관을 깨끗이 청소했던 것은 이 때문이었다. 여관에서도 이러했는데, 하물며 백성과 사직에 대해 어떻게 해야겠는가?

고을과 나라의 관계는 혈맥血脈과 몸의 관계와 같다. 아주 미미할지라도 혈맥에 병이 들면 몸이 편안하지 못하니, 그대는 삼가 힘써야 할 것이다. 아! 백성을 위하는 관리[循吏]를 만나기는 황하黃河가 맑아지는 날을 기다리는 것보다 더 어렵다. 그런데 가혹한 관리[酷吏]는 혹심한 더위나 사나운 호랑이보다 더 무섭다. 이를 아는 사람이라면 백성의 어른이 될 수 있고, 정사政事를 맡을 수 있을 것이다. _「이유문이 도강의 임지로 가는 것을 전송하며」(送李幼文之任道康序)

3-4.
백성들은 본래 선하니,
근본으로 돌아가라!

신선용申善用, 신우상(申禹相)군이 고흥高興의 태수로 임명
받았다. 이에 직무를 잘 수행한 관리들을 모아서 살
펴보았다. 문옹文翁*은 촉蜀을 다스릴 때 청렴하고 공
평하며 문장을 숭상했다. 잠희岑熙**는 위군魏郡을 다스
릴 때 탱자나무와 가시나무를 베고 해충을 막아냈다.
장희안張希顔***은 평향萍鄕을 다스릴 때 다리와 도로를

---

* 문옹은 한나라 경제 때 촉군 태수가 되어 학교를 세웠다.

** 잠희는 한나라 때 위군 태수가 되어 은거하는 자들을 초빙해 함께 정사에 참여
하니 마을이 잘 다스려졌다. 위군 태수가 된 지 2년 만에 사람들이 "내 집 탱자나
무 잠군이 베어 주고, 내 집 해충을 잠군이 막아 주었네"라고 노래했다.

*** 장희안은 송나라 사람으로 평향의 수령을 한 적이 있다. 옛날 범연귀(范延貴)
가 장희안의 선정(善政)을 칭찬하기를, "그 고을의 경내로 들어가 보면 역참과
다리와 길이 완전히 수리되어 있고, 저자에서는 도박하는 사람이 없으며, 밤에
여관에 머물면서 들으니 경(更)을 치는 소리가 분명하였다"라고 하였다.

보수하고 황무지를 개간했다. 유총劉寵****이 회계會稽를
다스릴 때는 밤에 개들이 짖지 않았고, 백성들이 관
리를 볼 수 없었다. 양주楊州를 지킬 때 관청의 촛불을
켜지 않았던 이는 파지巴祇*****였고, 단주端州를 다스릴 때
벼루 하나도 지니지 않았던 이는 포증包拯******이었다.
이들은 옛날의 뛰어난 지방관으로 스승이 될 만하다.
그렇다고 이들의 발자취를 따르기만 하면 옛것에 물
드는 데 불과하다. 그대는 자신을 닦고 몸소 실천하
여, 스스로 표준이 됨으로써 백성들도 따라서 변하게
해야 한다.

혜환거사는 말한다. "내가 백성들과 마주하여도 서
로 속한 것에 차이가 있다. 백성들이 속한 것은 나에
게 있는 것이 아니다. 그러니 어찌 백성들을 근본으

**** 유총은 후한 때 사람이다. 회계 태수로 선정을 베풀고 조정의 대신으로 옮겨 갈
즈음, 산음현의 노인 오륙 인이 "다른 태수 때에는 관리들이 백성을 갈취하는 일
이 밤이 되도록 끊이지 않았기 때문에 개들이 밤새도록 짖어 대었고 백성들이
안정을 취할 수 없었는데, 명부께서 부임하신 뒤로는 개들도 밤에 짖지 않고 백
성들도 관리를 볼 수 없었습니다"라고 찬양했다. 그러고는 각각 100전을 송별금
으로 주었는데, 유총이 성의를 무시하기 어려워서 단지 1전씩 받아서 가지고 갔
으므로 일전태수(一錢太守)라고 칭했다.

***** 파지는 후한 때 양주 자사가 되었는데, 밤에 손님과 술을 마시면서 사사로운 모
임이라 여겨 관가의 촛불을 켜지 않았다.

****** 포증은 송나라 때 정치가로 포청천으로 알려져 있다. 부정한 자들을 처리하는
데 매우 엄격하여 염라포노(閻羅包老)라 불렸다. 근엄하여 웃는 일이 드물기 때
문에, 사람들은 황하가 맑아지는 날 혹은 우담바라 꽃이 피는 날만큼이나 포증
의 웃음을 보기 어렵다고 말했다.

로 돌아가게 하지 않는가? 백성은 본래 선하니 사납게 하지 말고 스스로 선하게 하라. 백성은 본래 믿음이 있으니 속이지 말고 스스로 믿게 하라. 백성은 본래 부유하니 빼앗지 말고 스스로 부유하게 하라. 백성은 본래 장수하니 병들게 하지 말고 스스로 장수하게 하라. 나는 하는 일이 없어도 백성은 다스려진다네. 이렇게 되면, 여유롭게 누워서 아름다운 꽃을 마주하거나 밝은 달을 즐길 수 있지. 애써 거문고 타며 수심을 풀어 낼 일이 없을 것이네." _「고흥의 임지로 가는 신선용을 전송하며」(送申使君善用之任高興序)

3-5.
나의 마음으로 백성의 마음을 헤아린다!

전생前生은 기억할 수 없고 내생來生은 알 수 없다. 오직 금생今生만 있을 뿐이다. 만약 금생을 한가롭게 보낸다면 헛된 삶이 되는 것이다. 어찌 해야 금생을 한가롭게 보내지 않을 수 있겠는가? 좋은 일을 해야 한다. 어찌 해야 좋은 일을 할 수 있겠는가? 지위를 얻어야 한다. 무엇을 지위라 하는가? 공경公卿과 대부大夫가 모두 지위이다. 그러나 백성과 사직에 대해 중대한 책임을 지는 것은 고을의 수령[邑宰]이다.

지금 조사고趙士固가 수령이 되었다. 정사를 행할 때 세금 거두고 부역 매기는 일을 부지런히 하고, 분쟁이나 소송을 자세히 살펴서 공평하게 처리하며, 세력을 부리고 교활한 사람을 물리치고, 외롭고 약한 이들을 돌봐야 한다. 관청과 제방에 관한 일부터 공납

미를 걷고 역마를 기르는 일까지 조목을 세우고 법을 세우지 않으면 안 된다. 다칠까 걱정하는 '인애'의 마음을 넓히고, 오래도록 세상을 이롭게 하는 일이 모두 조사고의 마음과 손에 달려 있으니, 조사고는 힘쓸지어다.

같은 사람이거늘 수령은 부모父母라 부르고, 백성은 갓난아이라 부르는 것은 어째서인가? 한 마디의 착한 말이 따뜻한 봄이 되고, 은택이 되는 것은 어째서인가? 한 가지 잘한 일이 청천青天이라 불리고 신명神明이라 불리는 것은 어째서인가? 그 이유를 생각해 봐야 한다. 나의 마음으로 천지만물의 마음까지 미루어 헤아렸기 때문이다. 옛날에 편작이 오장육부를 훤히 꿰뚫어보고 병을 치료했다지만, 오장육부는 가로막혀 있어 나에게 있는 것을 미루어 알 수 없다. 그러나 『대학』大學에서, 나의 마음으로 다른 사람의 마음을 헤아린다는 '혈구지도'絜矩之道와 같은 경우는 자기에게 있는 바를 미루어 아는 것이다. 그러니 더욱 바르고 민첩하게 하지 않을 수 있겠는가? 이러한 처방으로 저 백성들의 질병과 고통을 해소해 주어야 할 것이다.

사람들은 조사고가 현명하고 재능이 있음에도 이렇게 늦게 수령이 된 것을 안타까워한다. 하지만 나는 그렇게 생각하지 않는다. 조사고가 젊은 시절에 고을을 다스렸다면 그 통달함과 노련함이 지금과 같지 않았을 것이다. 조사고가 10년이나 늦게 수령이 된 것은 그의 가족에게는 불행이지만, 모양牟陽 지역의 백성에게는 행운인 것이다.

조사고가 어려서 나에게 증선지曾先之의 『십팔사략』十八史略을 배웠는데, 지금은 수염과 귀밑머리가 희끗하다. 그렇지만 여전히 어린 동생 같아 마음이 쓰인다. 그래서 관리로 부임하는 그에게 경계하는 말을 더하였다. 그러나 탐욕에 대해서는 한 마디도 언급하지 않았다. 조사고는 천금을 상으로 내리고, 한 해에 다섯 번이나 관직을 옮겨 준다고 해도 절대 하지 않을 사람이기 때문이다._「고창의 임지로 가는 사촌동생 조사고를 전송하며」(送表弟趙士固之任高敞序)

3-6.
밭 갈고 씨 뿌리고 수확하되,
밥도 지어야 한다!

붓을 높이 들어 서문序文을 지어서 여러 명의 순리循吏
: 법을 지키고 백성을 위하는 관리를 전송했다. 지금 유자儒者로
서 수령이 된 이를 전송하게 되었다. 관리가 유학을
닦지 않으면 순리가 되지 못하는 것은, 장수가 문장
을 익히지 않으면 무관武官이 되지 못하는 것과 같다.
성주聖主께서 즉위하시어 여러 법규를 손질하고 정비
했는데, 목민牧民이란 관직을 더욱 중요하게 여겼다.
그때 충청남도 목천木川 관아에 결원이 생겨, 인사담
당 관리가 나의 벗 익찬 안씨安正福를 천거했다. 목천
은 작은 마을이지만, 성안成安 상진尙震 : 조선 중종 때의 재
상 선생의 본관으로, 다른 작은 고을과 비교되는 것을
좋아하지 않는다. 수령이 된 자는 목천을 다른 작은
고을과 똑같이 취급해서는 안 된다. 그 다스림도 다

른 작은 고을과 달라야 할 것이다.

나의 벗 안씨는 유자이다. 그는 모든 학문을 궁구했으나, 경세학經世學 분야를 더욱 상세하게 연구하였다. 마음으로 계책을 세우고 붓으로 건의한 것을 이제야 시험하게 된 것이다. 이것을 곡식과 옷감에 비유할 수 있다. 예전에는 밭 갈고 씨 뿌리고 수확을 했다면, 지금은 불을 때서 밥을 지어 먹을 때이다. 예전에는 고치를 켜서 베틀에 올려 직물을 짰다면, 지금은 마름질해서 옷을 만들 때이다. 안씨는 이제 그 일의 성과를 볼 수 있게 되었다. 관리는 내직內職과 외직外職의 높고 낮음이 없으니, 마음을 다해 임금께 보답할 일만 생각하기 바란다.

현재縣宰·총재冢宰·태재太宰는 일컫는 바가 똑같다. 모두 '일체의 권한을 쥐고 일을 한다'는 '재제宰制'의 뜻을 가지고 있으니, 그 임무 또한 가볍지 않다. 나의 벗 안씨가 수레에서 내려 고을로 들어가면, 반드시 기녀와의 부정한 놀음을 멈추고, 백성 괴롭히는 일을 그만두며, 미곡의 세금과 소금세를 간략히 하고, 학교를 흥기시켜야 한다. 그렇게 하면 백성들은 봄날의 따뜻한 기운을 받아, 신음이 사라지고 몸이 안락할 것이다. _「목천 현감으로 나가는 안백순을 전송하며」(送安百順出宰木川序)

3-7.
백성이 편안하게 여기는 수령

화산花山 권동야權東野 : 권평(權坪), 1778년 옥구 현감으로 나감는 일찍이 스스로를 돌아보며 묻고 대답했다.

"정책을 계획하고 제안하여 조정의 앞날을 도모하고, 국론國論을 결단할 수 있겠는가?"
"할 수 없다."
"전쟁하지 않고 술자리에서 담판하여 적을 제압하며, 이웃나라에까지 위엄을 떨칠 수 있겠는가? 맹수가 무서워 명아주잎·콩잎을 캐지 못하듯, 나라의 충신이 되어 간신을 물리칠 수 있겠는가? 먼 나라 오랑캐들이 공물로 진주를 바치러 오게 할 수 있겠는가?"
"할 수 없다"
"나라에 중대한 문서를 짓고 이것을 금석金石에 아로

새겨서, 위로는 조정에서 중요한 신하가 되고 아래로는 빛나는 선비가 될 수 있겠는가?"

"할 수 없다."

"입으로 외우고 귀로 들으며 눈으로 보고 손으로 답하여, 나라의 중요한 정책을 막힘없이 수행하고, 여러 제도를 실행할 수 있겠는가?"

"할 수 없다."

"숨겨진 잘못을 적발하여 서릿발처럼 엄정하고, 매처럼 무섭게 처리할 수 있겠는가?"

"할 수 없다. 아니, 하지 않을 것이다."

"백리白里의 고을을 얻으면, 다스림에 재능을 드러내지 않고, 청렴하여 다른 사람에게 부끄럽지 않으며, 꾸밈없이 간결하며 따뜻하고 어질어, 백성이 나를 편안하게 여기도록 할 수 있겠는가?"

"부지런히 힘쓰면 할 수 있을 것 같다."

권동야는 얼마 되지 않아 옥산현玉山縣의 대부大夫가 되었다. 그는 떠날 준비를 하면서 자신이 묻고 답한 것을 나에게 말해 주었다. 내가 말했다. "그대의 말은 겸손히 자신을 낮춘 것이지만, 스스로를 제대로 헤아렸다고 할 수 있네. 일이 실패하는 이유는 스스로를 헤아려 보지 않기 때문이네. 자신을 미루어 집을 다스리고, 집을 미루어 천하를 다스릴 수 있다네. 백성이 편안하게 여긴다면 천하의 재상이 되어도 괜찮을 터, 어찌 한 고을의 수령에 그치겠는가? 아! 어떻게 해야 이와 같은 사람을 찾아서 팔도 삼백읍三百邑에 두루 보낼 수 있을 것인가?" _ 「옥산의 임지로 가는 권사군을 전송하며」(送權使君之任玉山)

이용휴 편

4부
마음 편히 잘 가시게!

4-1.
만족한 삶, 편안한 죽음

아! 처사處士가 떠나니 세상은 말세가 되었고 풍속은 경박해졌다. 어째서인가? 예스럽고 질박한 사람이 없기 때문이다.

처사는 태어나 60여 년을 살았는데, 하루도 잘 차려진 음식을 먹지 않았고, 화려한 옷을 입지 않았다. 밭은 반 무[畝]도 없었고 재산은 몇 푼 되지 않아 곤궁함이 매우 심했다. 그러나 염탐을 잘 하는 자들도 처사가 자리를 구걸하거나 부탁하는 것을 보지 못했다. 뜻을 달리하는 자라도 굽신거리고 아첨한다고 비방하지 못했다. 이것을 보면 처사가 어떠한지 알 수 있도다.

황강荒江의 굽이에 흙집이 있으니, 깨진 옹기로 들창을 내었고 지붕에는 풀이 솟아 있었다. 그러나 아버지는 자애롭고 아들은 효성스러우며, 남자는 책을 읽고 여자는 길쌈을 했다. 주어진 처지에 만족하며 본분을 지켰으니, 부유하고 존귀하되 부끄러운 마음으로 이마에 땀이 나는 자와 견주어 본다면 어떠한가?

처사의 묘소는 그 집과 연기가 통하고, 닭 우는 소리·개 짖는 소리가 들린다. 집에서 묘소까지의 거리는 매우 가까워 마루에서 방으로 가는 거리이다. 풍수가의 말에 현혹되어 비바람이 몰아치고 여우·살쾡이 울부짖는, 빈산이나 황량한 들판에 묘를 쓰는 것보다 훨씬 낫다.

아! 흰 망아지가 지나가고* 누런 조밥이 다 익었으니,** 처사는 행장을 꾸려서 떠날지어다. _「외사촌 조처사 춘경 제문」(祭表從趙處士春卿文)

---

* 『장자』(莊子) 「지북유」(知北遊)에 "하늘과 땅 사이의 우리 인생이란 마치 흰 망아지가 담장 사이의 틈을 지나가는 것처럼 순간일 따름이다"라는 말이 나온다.

** 당나라의 『침중기』(枕中記)란 소설에서 나온 이야기. 주인공 노생(盧生)이 한단(邯鄲)의 여관에서 도사(道士) 여옹(呂翁)을 만나 그가 주는 베개를 베고 꿈을 꾸었다. 꿈에서 장수도 되고 재상도 되며, 자손이 모두 영달(榮達)하는 등, 80년의 호화를 누리다가 문득 깨니, 여관 주인이 짓던 누른 조밥이 아직 익지 않았다. 이 제문에서 누런 조밥이 다 익었다는 것은 세월이 더 많이 지났다는 말이다.

4-2.
세상을 싫어한 그대, 한가롭게 지내시라

모년 모월 모시에 정수노인을 장사 지내려 합니다.
일가 중에 아무개가 술잔을 들어 마지막 인사를 고합
니다. "공은 세상에 계실 때에도 세상을 싫어하셨지
요. 지금 돌아가시는 곳에서는 먹고 살 걱정을 할 필
요 없고, 혼례나 상례를 치를 일도 없습니다. 맞이하
고 문안 올리며, 절하고 읍하며, 편지를 보내고 소식
을 묻는 예의를 차릴 일도 없습니다. 권세에 따라 빌
붙거나 푸대접할 일도 없고, 옳고 그름을 따질 일도
없습니다. 그곳에는 맑은 바람과 밝은 달, 들꽃과 산
새들만 있습니다. 공은 이제부터 오래도록 한가롭게
지내실 겁니다. 공의 마음을 꿰뚫은 말이라 여기시
고, 고개를 끄덕이시겠지요. 상향尚饗." _「정수 제문」(祭靖
叟文)

4-3.
오십 년을 백 년처럼 살다간 그대

아! 그대는 인륜人倫을 지킴에 성실했고, 신의를 지킴에 한결같았다. 가슴에 담을 치지 않았고, 입으로는 나쁜 말을 하지 않았다. 선한 일을 해도 이름이 나기를 바라지 않았고, 은혜를 베풀면서도 보답을 바라지 않았다. 그대가 남모르게 닦은 품행을 조물주는 기억하여, 등급을 매길 때 최상의 점수를 주고, '군자'君子라 칭할 것이다. 내가 어떻게 알았겠는가? 손태孫泰와 왕공겸王公謙의 일을 통해 알았노라.

아! 사람이 백 년을 살면 최고의 수명[上壽]을 누렸다고 일컫는다. 그대의 집은 안락하였고, 그대의 가족은 화목하였다. 부인은 음식을 잘 했으니 궁궐의 요리사 부럽지 않고, 아이들은 책을 잘 읽었으니 악기 소리를 대신할 수 있었다. 이렇게 다 갖췄는데 백 년의 수명을 다 채운다면, 다른 사람이 백 년을 산 것과 비교할 때 두 배를 더해 이백 년을 사는 셈이다. 세상에 어찌 이럴 수 있겠는가? 백 년에서 절반을 덜어낸 것은 조물주가 긴 것은 자르고 짧은 것은 늘려서 평등하게 하려는 뜻이다. 달관한 사람이라면 편안하게 받아들이리라.

나는 곤궁한 처지의 늙은 선비지만 그대는 나를 높이 받들어 공경했고, 그대는 까마득한 후배지만 나는 그대에게 예의를 다했다. 우리는 사랑하고 좋아하는 마음이 똑같았다. 그대를 잃으니 슬픔이 마음 저 깊은 곳에서 밀려온다. 하여, 제사 지내는 상투적인 말로 그대의 귀를 어지럽힐 겨를이 있겠는가. _「김명로 제문」 (祭金君溟老文)

4-4.
얼마나 사느냐보다 어떻게 사느냐

사람이 이와 같은 재주가 있는데도 단명하여 죽으니 애석하구나! 그러나 재주 없이 늙어 오래 살기만 한다면, 삼만 육천 일을 사는 물건에 지나지 않고, 곡식을 먹어치우는 누런 메뚜기에 지나지 않는다. 무슨 보탬이 있겠는가? 아! 채색 구름은 쉽게 사라지고, 아름다운 꽃은 일찍 시든다. 그러므로 사람은 이런 이치를 오래 생각해야 한다. 그렇지 않다면, 많은 일을 보고 겪어서 저절로 깨달아야 한다. _「다화재집'에 쓰다」

(題茶花齋集)

4-5.
요절한 형님을 보내며

아! 형의 오두막집은 황폐한 사당과 같아 가려 주고 막아 줄 담도 벽도 없습니다. 그러나 형님이 밀실과 규방을 갖춘 집에서 귀하게 자라, 화살같이 바람을 피했다는 사실을 누가 알겠습니까? 형님의 용모는 초췌하고 파리하여 마른 포와 같았습니다. 그러나 젊은 시절 형님의 피부가 백옥이나 백설처럼 깨끗하고 눈부셔서, 지나던 사람들이 돌아본 사실을 누가 알겠습니까? 형님의 이름은 인재를 천거하는 유사들의 입에 오르지 못했습니다. 그러나 형님이 많은 책들을 오래도록 공부했으며, 과거 시험을 준비했다는 사실을 누가 알겠습니까?

다만 편안하고 소탈한 성품과 온화하고 공손한 덕성은 이전이나 이후나 다르지 않으니, 사람들이 모두 알고 있습니다. 그렇다 해도 형님을 다 알지는 못할 것입니다. 아! 천하의 곤궁함이 형님에 이르러 극한에 달했습니다. 집안에 두 아들이 있어, 맏이는 문학을 잘 했고, 막내 또한 뛰어났습니다. 이는 조물주가 형님을 완전히 저버리지 않은 것으로, 선을 행하는 사람들에게 희망과 믿음을 주는 것입니다.

아! 아우가 형님을 곡하는 것은 도리에 맞는 일입니다. 그러나 형님은 중년이 안 되었으니 요절했다고 할 수 있습니다. 또 닭을 잡고 술을 장만하여, 한양에서 시간을 보내자 했던 약속은 이루어지지 못했습니다. 그때 먹으려 한 닭과 술이 오늘 제사상에 오르고 말았으니, 어찌 애통하지 않겠습니까? 아녀자의 구구한 슬픔 같은 것은 아우가 말할 수 없습니다. 또한 형님도 듣고 싶어 하지 않으실 겁니다. 그래서 다 말하지 않습니다. _ 「이종사촌 형님 이동준 제문」(祭姨兄李公東俊文)

4-6.
오랫동안 함께한 친구를 보내며

오호라! 들은 적도 없고 본 적도 없고 알지도 못하던 일이 생기면 사람들은 깜짝 놀라 부르짖는다. 태어나면 반드시 죽는다는 사실은 익히 듣고 익히 보고 익히 아는 일이므로 이러지 않을 것 같다. 그러나 사람의 수명은 백 년으로 정해져 있으니, 사랑하는 사람들은 이 사실을 굳게 믿거나 혹은 더 살기를 바란다. 그러다 갑자기 어긋나는 일이 생기면, 목놓아 통곡하지 않을 수 없다.

조물주는 지극히 총명하고 역량이 뛰어나서, 사물을 생성할 때 각각의 이치에 맞게 조치한다고 들었다. 공과 같이 재주 있고 현명한 경우는 허리에 옥을 차고 관에 붓을 꽂고서 봉래산 연못이나 도산道山 : 선계(仙界)에서 노닐어야 마땅할 것이다. 그런데 공은 뽕

나무 문과 갈대 울타리 집에서 가난하게 살았다. 때로는 마른 울음을 삼키고, 때로는 눈물을 글썽여 통곡하니, 그 마음은 괴로웠다. 때 묻은 옷을 입고, 거친 밥을 먹으니, 그 몸은 고달팠다. 이렇게 생을 마쳤으니, 조물주가 이 사람에 대해 실수를 한 것은 아니었을까?

아! 공과 교유한 지 오십 년이 되었다. 중간에 친구들은 벼슬길을 쫓아 바삐 사느라 사이가 멀어졌으나, 나와 공은 똑같은 포의의 선비로서 사귐이 한결같았다. 친구들은 사방으로 흩어졌으나, 나와 공은 가까이 살았으므로 교유가 더욱 친밀했다. 천수를 못 누리고 요절한 친구들도 있었으나, 나와 공은 육십 넘는 노인이 되었으니 사귐이 가장 오래 되었다. 그런데 공이 나를 버리고 떠났다. 나는 철면어사鐵面御史 조변趙抃 : 송나라 사람, 철면 같이 강직하고 청렴한 수령으로 이름이 높았다과 같아서 남을 위해 가벼이 눈물을 흘리지 않는다. 그러나 공을 위해 눈물을 흘리는 것은 평생을 함께 한 친구였기 때문이다.

아! 하나의 기를 받지 못하면 칠 척의 몸은 공중으로 사라진다. 사람들은 모두 고향으로 돌아가니, 공은 이 세상에 미련 두지 말고 홀홀히 떠나시라._「화교유처사제문」(祭花郊柳處士文)

이용휴 편

5부
학문의 길, 문장의 도

5-1.
물어야 산다

앎에 있어 태어나면서부터 아는 것보다 더 큰 것은
없다. 그러나 태어나면서부터 알 수 있는 것은 이치
일 뿐이다. 사물의 명칭과 특징, 법식과 수량과 같은
경우는 반드시 물은 뒤에야 알 수 있다. 그러므로 순
임금은 묻기를 좋아했으며, 공자는 예에 대해서 묻고
관직에 대해서 물었던 것이다. 하물며 이보다 못한
사람이야 어떻겠는가?

내가 일찍이 『본초』를 읽은 적이 있다. 그 이후 들에
나갔다가 줄기가 가늘고 잎이 두터운 풀을 보고는 캐
려고 했다. 마침 농사꾼 아낙이 곁에 있기에 그 풀에
대해 물었더니, 그 아낙이 말했다. "이 풀의 이름은
'초오'草烏로 무서운 독이 있습니다." 깜짝 놀라 풀을
버리고 그 자리를 떠났다. 『본초』를 읽었는데도, 풀독

에 목숨을 잃을 뻔한 것이다. 의심난 것을 물어 보았기 때문에 위험에서 벗어날 수 있었으니, 천하의 일을 자세히 묻지 않고 멋대로 단정해서야 되겠는가?
『설문해자』에 의거하자면, "문問이란 의심나는 곳을 묻는 것이다." 그런데 세상 사람들은 스스로 지혜롭다 생각하여 묻기를 부끄러워한다. 의심의 성에서 살다 의심의 성에서 죽는 사람이 참으로 많은 것이다.
오직 신원일申原一 군만이 묻기를 좋아하는 성품을 지녔다. 학술의 같고 다름과 의리의 취하고 버리는 문제에 대해서는 말할 것도 없거니와 이미 깨우친 보통의 글자와 구절일지라도 반드시 탐구하고 따져 물어 훤히 꿰뚫은 후에야 그만두었다. 하여, 신군의 학문은 헤아릴 수 없을 정도로 진보하고 있다.
「호문설」好問說을 지어 그대에게 주노라. 그대가 이에 대해 여러 사람들에게 물어보다가, 그래도 의문이 남는다면 다시 와서 나에게 묻기를 바라노라. _「호문설」
(好問說)

5-2.
씹을수록 맛이 나는 학문의 경지

모든 과일은 한 입만 먹어도 그 맛을 다 알 수 있다. 그러나 감람감람나무 열매, 올리브의 일종. 맛은 쓰고 떫다은, 처음 먹었을 땐 매우 떫지만 오래 씹을수록 맛이 바뀌어 단맛이 난다. 학문과 문장에도 이러한 경지가 있음을 몸소 경험한 사람이라면 알 수 있으리라. _ 「감람권에 쓰다」(題橄欖卷)

5-3.
붓 한 자루의 힘

천하에 가장 원통한 일이 있다. 법정에서 원고와 피고가 뒤바뀌는 일 정도는 여기에 끼지도 못한다. 재주가 있는데 요절하여 성취하지 못했거나, 성취했는데도 글이 사라져 알려지지 않은 경우가 가장 원통한 일이다.

요절하여 성취하지 못한 것은 하늘 때문이요, 글이 사라져 알려지지 않은 것은 세상 때문이다. 하늘 때문에 생긴 일은 운명이니 말할 게 못된다. 그렇지만 세상은 사람의 처지에 따라서 그의 글을 떠받들기도 하고 억누르기도 한다. 신분이 높고 영달한 사람의 경우엔, 겨우 시를 짓고 읊조릴 줄만 알아도 문집이 간행된다. 그러나 한미한 사람의 경우는 다르다. 『시경』과 『이소』에 통달할 정도의 문장 실력을 갖췄고

문명의 시대에 살고 있다 하더라도, 그의 문장만은
유독 억눌려 드러나지 못한다.

심하도다! 세상의 정치가 공평하지 못함이여! 그렇
다 하더라도, 만약 그 사람을 드러내고자 한다면 세
력과 지위가 필요한 것은 아니다. 다만 기세 넘치는
문장가의 붓 한 자루만 있으면 된다.

우리 시대 또한 드러내야 할 사람이 많다. 평와萍窩 김
사징金士澄 : 이름은 숙(潚) 군이 그 중에 으뜸이다. 김군은
위항委巷 : 좁은 골목길, 가난한 동네의 중인으로 살면서도 학
문과 문장을 갈고 닦아, 자신을 예전의 뛰어난 시인,
문사와 견주었다. 빈한하여 먹고 살 길이 막막했지
만, 권세 있고 신분이 높은 집안에 발을 디딘 적이 없
었다. 평생토록 글을 읽고 시에 힘쓸 뿐이었다.

그의 시는 뜻과 기세가 범상치 않다. 속된 말을 씻어
내는 데 힘썼으므로 세상에 영합하는 것이 드물었다.
현묘한 생각과 기이한 말은 사람의 말이 아닌 것 같
았다. 어떨 때는 홀로 술을 마시며 시를 읊조려 울분
과 답답함을 풀어내곤 했다. 마치 옥이 울리듯 구슬
프고, 샘물이 쏟아지듯 서늘하여 사람들로 하여금 넋
을 잃게 하고 마음을 서글프게 하였다.

사징士澄이 불우한 이유가 여기에 있고, 사징을 후세
에 전할 만한 이유도 여기에 있다. 내가 사징의 글에

서문을 쓰는 이유는, 사징 한 사람만을 드러내기 위함이 아니라, 사징과 같은 처지의 사람들을 드러내기 위함이다. 이 또한 사징의 뜻일 터, 풍성豐城에 묻혀 있던 보검寶劍*을 다시 볼 수 있을 것이다. 사징의 문장은 또한 간결하면서 법도가 있어 그 시와 짝할 만하다. 육십 평생 쏟아 부은 심혈心血과 안광眼光이 헛되지 않았다고 이를 만하다. _「평와집서문」(萍窩集序)

* 풍성에 묻혀 있던 보검의 기운 : 김사징의 재주와 불우한 문인들의 재주가 세상에 다 알려지는 날이 올 것임을 비유한 말이다. 진(晉) 나라 무제(武帝) 때 북두성과 견우성 사이에 자색 기운이 서려 있는 것을 보고, 뇌환(雷煥)이 예장(豫章)의 풍성현(豐城縣)에서 용천(龍泉)과 태아(太阿)의 두 검을 발굴했다고 한다.

5-4.
황당한 이야기보다 더 기이한 시

이 늙은이가 일이 없어 손님들에게 그동안 보고 들은, 기이한 광경이나 이상한 이야기를 말해 달라고 청했다.

한 친구가 이야기했다. "모년 겨울 봄처럼 따뜻한 날, 갑자기 바람이 일고 눈이 내렸지요. 밤중에 눈이 그쳤는데, 무지개가 뻗더니 우물의 물을 마시더군요. 마을 전체가 떠들썩하니 난리도 아니었지요."

또 한 친구가 말했다. "깊은 산골에 들어갔다가 어떤 짐승과 마주쳤습니다. 호랑이 몸에 털은 푸르고, 뿔이 솟고 날개가 달렸으며, 갓난아기처럼 울더군요."

나는 황당한 이야기라 여겨 믿지 않았다. 다음 날 아침 한 소년이 찾아와 인사를 하며 시집을 올렸다. 이름을 물었더니 이단전李亶佃 : 우의정 유언호 집의 하인으로 시를

^잘 지었다이라고 한다. 단전 즉 '믿음직한 하인'이라니
사람의 이름으로 이상하기 짝이 없었다. 시집을 펼치
자 빛이 번쩍이고 괴이하여 뭐라 형용하기 어려웠다.
사람의 생각에서 나올 수 없는 경지였다. 비로소 저
두 친구의 말이 황당한 것이 아님을 믿게 되었다. _「하
사고에 쓰다」(題霞思稿)

5-5.
문사의 재능은 빼앗을 수 없다

시와 문장을 쓸 때 다른 사람들을 쫓아 견해를 세우는 경우가 있고, 자신만의 견해를 세우는 경우가 있다. 다른 사람들을 쫓아 견해를 세우는 경우는 비루해서 말할 것이 없다. 그렇지만 자신만의 견해를 세우는 경우에도 고집을 앞세우지 않고 편견에 사로잡히지 않아야 '참된 견해'[眞見]가 될 수 있다. 또 반드시 '참된 재주'[眞才]로 그 견해를 보완한 이후에야 시와 문장에 성취가 있게 된다.

내가 수년 동안 그런 이를 찾다가, 마침내 송목관松穆館 주인 이우상李虞裳 군을 만나게 되었다. 이군은 시와 문장에 있어서 뭇 사람들을 뛰어넘는 식견을 갖췄으며, 따라잡을 수 없는 사유의 경지에 있었다. 먹을 금처럼 아꼈고, 시구詩句 하나하나 단전을 수련하듯 다

들었다. 그리하여 붓을 한 번 휘두르자 전할 만한 글이 되었다. 그러나 세상이 알아주기를 구하지 않았으니, 세상에 알아줄 만한 사람이 없었기 때문이다. 또 다른 사람보다 뛰어나기를 구하지 않았으니, 자신보다 나은 사람이 없었기 때문이다. 내게 자신의 글을 보여 주고는, 도로 상자에 감춰 두었다.

아! 벼슬이 높아져 일품의 자리에 오르더라도 갑자기 아침에 거두어 가면 저녁에는 평민이 되고 만다. 재물을 벌어 만금을 쌓았다 해도 갑자기 저녁에 잃어버리면 다음날 아침에는 가난뱅이가 되고 만다. 그러나 뛰어난 문사가 소유한 재능은 한 번 얻은 뒤에는 조물주라 하더라도 어찌할 수 없다. 이것이야말로 '참된 소유'[眞有]이기 때문이다. 이군은 이미 문사의 재능을 소유했으니 그 나머지 구구한 일쯤이야 가슴 속에 남겨 두지 않는 것이 좋으리라. _「송목관집서문」(松穆館集序)

5-6.
잘 변해야 한다

아! 해와 달은 쉬지 않고, 사람의 마음은 항상 새롭다.
이들은 신령스런 정기와 지혜로운 천성에서 나왔으
니, 어찌 옛것을 답습하고 썩은 것을 거두어들일 필
요가 있겠는가? 그러므로 거문고를 잘 타는 사람은
악보가 필요 없고, 글씨를 잘 쓰는 사람은 서첩이 필
요 없으며, 시를 잘 쓰는 사람은 법식이 필요 없다. 잘
변하기 때문이다._「근예준선서문」(近藝雋選序)

5-7.
참된 소리, 참된 색깔, 참된 맛

다른 사람의 시집과 문집에 서문序文을 써 줄 때, 먼저 그 사람의 관직과 가문을 물어본다. 지위가 높고 집 안이 좋으면 양한兩漢이나 삼당三唐의 문장이라 추어올리고, 그렇지 않으면 매미 울음이나 벌레 소리라며 깎아내린다. 이 때문에 요즘 서문 중에 좋은 글이 드문 것이다.

나는 이와 다르다. 작품을 비평할 때 시험장 문을 굳게 닫고서 답안지의 점수를 매기는 것처럼 할 뿐이다. 안목이 부족하더라도, 선입견先入見이 판단을 흐리는 일은 없게 한다. 이 원고를 보니, 저자는 스스로 행하는 자요, 자신을 귀하게 여기는 자이다. 대가를 모방하거나 의존하지 않고, 자신만의 참된 소리, 참된 색깔, 참된 맛을 가지고 있다. 비유하자면, 좋은 차는 용뇌향이나 사향을 넣지 않더라도 스스로 참된 향을 가지고 있는 것과 같다.

아! 조물주가 이 사람을 내는 데 각별히 마음을 썼음에 틀림이 없다. 이 사람은 춘관春官: 禮曹에 열 번이나 응시했으나 급제하지 못하다가, 한 번 임금을 알현하여 크게 칭찬을 받았다. 사대부의 반열에는 자리가 없었지만 사단祠壇에서 한 자리는 차지했다. 운명상 녹봉은 없었지만 숲과 샘가에서 한가하게 사는 청복淸福은 누렸다. 그 득실得失과 경중輕重에 대해 마땅히 판단할 사람이 있으리라.

이 사람은 외로이 살다 쓸쓸히 떠났을 뿐, 세상 사람들이 알아주기를 구하지 않았다. 세상 사람들 또한 그가 간직한 바를 다 알 수 없었다. 뒷날 성품과 기질이 이 사람과 똑같은 사람이 있어 책을 통해 만난다면 서로 감동하고 끌리게 될 것이다. 이렇듯 신령스런 인연을 맺어 마음이 합치된다면, 그 신비스럽고 오묘한 경지가 반드시 세상에 드러나리라. _「장와집서문」(壯窩集序)

5-8.
'나비가 꽃을 그리워한다'고
말하지 말라

뜰 앞에 원추리꽃·패랭이꽃·접시꽃이 한꺼번에 피었다. 원추리꽃에는 노랑나비·파랑나비·호랑나비가 날아들고, 패랭이꽃에는 흰나비가 날아든다. 그런데 접시꽃은 나비들이 모두 지나치고 돌아보지 않는다. 대체로 꽃마다 향기가 같지 않고, 나비는 성질에 따라 좋아하는 향기가 따로 있기 때문이다. 그러므로 '나비가 꽃을 그리워한다'고 말하는 것은 정미롭지 못한 표현이다. _「꽃과 나비를 말하다」(記花蝶)

5-9.
독창적인 그림, 독창적인 문장

고양이를 그리는 화가는 흔히 쥐구멍을 지키다 쥐를
잡는 고양이를 그린다. 하지만 이 그림의 화가는 특
이하게 꽃을 희롱하고 나비와 노는 고양이를 그렸다.
이 그림은 문장가들이 사용하는 독창적인 표현법과
닮았다._「김명로가 소장한 그림에 쓰다」(題金溟老所藏畵幛)

내 집에서 값비싼 물건은

오직 『맹자』 일곱 권뿐이라오.

오랫동안 굶주림을 견디다 못해

돈 이백 냥에 이 책을 팔았소.

밥을 해서 실컷 먹고 희희낙락하며

영재 유득공에게 달려가 크게 자랑했소.

영재 또한 오래도록 굶주린 터라,

내 말을 듣자마자 『좌씨전』을 팔아

남은 돈으로 술을 사다 함께 마셨소.

이는 맹자가 친히 밥을 지어 나를 먹이고,

좌구명이 손수 술을 따라 나에게 권한 것과

무엇이 다르겠소.

맹씨와 좌씨를 천 번 만 번 칭송하였소.

만약 우리가 일 년 내내 이 책을 읽기만 했다면

어찌 굶주림에서 벗어날 수 있었겠소.

나는 비로소 알게 되었소.

글을 읽어서 부귀를 구하는 것은

요행을 바라는 술책에 지나지 않는다는 것을.

낭송Q시리즈 북현무
낭송 18세기 소품문

이덕무 편

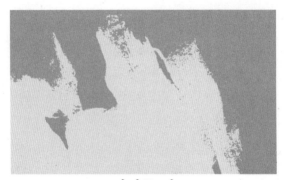

이덕무 편

1부
책이 좋다

1-1.
책만 보는 바보

목멱산木覓山 : 남산의 별칭 아래 어리석은 사람이 하나 살
고 있다. 그 사람은 말하는 게 어눌하며, 성품이 게으
르고 행동이 서툴러서 세상일을 알지 못하고, 바둑이
나 장기는 더욱 알지 못한다. 사람들이 욕을 해도 변
명하지 않고, 칭찬을 해도 으쓱해 하지 않는다. 오직
책 보는 것을 낙으로 삼아 추운지 더운지 배고픈지
아픈지 전혀 느끼지 못한다. 글씨를 겨우 쓸 때부터
스물한 살이 되기까지 하루도 책을 놓은 적이 없다.
그의 방은 매우 작으나 동쪽에도 서쪽에도 남쪽에도
창이 있어, 밝은 해를 따라가며 책을 본다. 그는 못 보
던 책을 보면 기뻐서 웃는다. 그래서 집안사람들은
그가 웃는 걸 보면, 새 책을 구한 줄 안다.
특히 두보의 오언율시五言律詩를 좋아한다. 앓는 사람

처럼 읊조리다가 심오한 뜻을 깨우치면 기쁨에 겨워 벌떡 일어나, 왔다 갔다 하며 큰 소리로 외운다. 그 소리가 갈가마귀 울음소리 같다. 때로는 소리 없이 뚫어져라 보기도 하고, 혹은 잠꼬대하는 사람처럼 중얼거리기도 한다. 그런 모습을 보고 사람들이 '간서치' 看書痴: 책만 보는 바보라 하여도 웃으며 받아들인다.

그의 전기傳記를 지어 주는 사람이 없어, 붓을 들어 그 사람의 일을 기록하여 '간서치전'이라 한다. 그의 이름은 기록하지 않는다. _ 「간서치전」(看書痴傳), 「영처문고」 2, 『청장관전서』 4권

1-2.
낭송은 양생養生이다

나는 날마다 책을 읽으면서 네 가지 유익한 점을 깨달았다.

첫째, 굶주렸을 때 책을 읽으면 소리가 훨씬 낭랑하다. 글의 이치와 취지를 음미하다 보면 배고픔을 느끼지 못한다. 둘째, 날씨가 추워질 때 책을 읽으면 기운이 소리를 따라 온몸을 타고 돈다. 그러면 몸이 따뜻해져 추위를 잊을 수 있다. 셋째, 근심과 번뇌가 일어날 때 책을 읽으면 눈은 글자를 꿰뚫고 마음은 이치를 향해 달려간다. 그러면 오만 가지 생각이 그 순간 사라진다. 넷째, 기침이 심할 때 책을 읽으면 기운이 돌면서 막힌 것을 통하게 한다. 그러면 기침 소리가 어느덧 멎는다.

만약 덥지도 않고 춥지도 않으며, 배고프지도 않고

배부르지도 않으며, 마음도 평화롭고 몸도 편안하며, 게다가 등불이 환하고 창이 밝으며, 책들이 가지런하고 책상이 정결하기까지 하다면 책을 읽지 않을 수 없다. 하물며 뜻이 높고 재주가 뛰어나며 나이가 젊고 활기찬 사람이 책을 읽지 않는다면, 무엇을 하겠는가? 나와 뜻을 같이 하는 사람은 힘쓰고 힘쓸지어다. _「이목구심서」 3, 『청장관전서』 50권

1-3.
여색을 탐하듯 책을 탐하다

여색女色을 좋아하는 사람은 골수가 마르고 살이 깎이는데도, 죽는 날 저녁까지 정념의 불꽃을 태운다. 끝내 뉘우치는 마음이 없어 미색에 빠진 아귀가 될 뿐이다. 내가 일찍이 그를 비웃고 가엾게 여기며 두려워하고 경계하면서도, 나 자신이 그런 자에 가깝다는 것은 알지 못했다.

내가 책을 좋아하는 것은 여색을 좋아하는 것과 비슷하다. 요사이 유행하는 풍열風熱 때문에 오른쪽 눈이 가렵다. 사람들이 책 때문이라고 겁을 준다. 내가 생각해도 그런 것 같지만 하루도 책에서 눈을 뗄 수 없다. 실눈이라도 뜰 수 있으면, 맥망蟁蝱이란 벌레가 신선 '선'仙자만 골라 먹듯 글자 사이에 있는 정수精髓만을 긁어모은다. 이러니 저 여색을 탐하는 자들이 나를 야유할 게 뻔하다.

구월 그믐날 오우아거사吾友我居士 : 내가 나를 벗하는 사람는

실없이 쓴다. _「이목구심서」 2, 『청장관전서』 49권

1-4.
책을 읽지 않는 것은 지혜롭지 못하다

만 권의 책을 쌓아 놓고 빌려 주지도 않고, 읽지도 않고, 볕에 말리지도 않는 사람이 있다고 하자. 빌려 주지 않는 것은 어질지 못한 것이요, 읽지 않는 것은 지혜롭지 못한 것이요, 볕에 말리지 않는 것은 부지런하지 못한 것이다. 군자는 반드시 글을 읽어야 한다. 책이 없다면 빌려서라도 읽어야 한다. 서재에 책을 묶어 놓기만 하는 것은 부끄러운 일이다. _「영처잡고」1.
『청장관전서』 5권

1-5.
글자를 아는 게 얼마나 다행인지

슬픔이 몰려올 땐 사방을 둘러보아도 막막하기만 하다. 땅을 뚫고 들어가고만 싶을 뿐 한 치도 살고 싶은 마음이 들지 않는다. 이럴 때 내게 두 눈이 있어 글자를 안다는 게 얼마나 다행인지. 손에 한 권의 책을 들고 찬찬히 읽다 보면 마음이 조금 가라앉는다. 내 눈이 다섯 가지 색깔만 구분할 뿐 글자에는 캄캄했다면, 마음을 어떻게 다스렸을지. _「이목구심서」 2, 『청장관전서』 48권

1-6.
『논어』를 읽고 기질을 바꾸다

병술년 정월 초엿새, 김희문金希文과 김회묵金晦默이
방문했다. 희문은 갑자생甲子生으로 진사 이구상李龜祥
의 문인門人이며 사람됨이 매우 순수하고 단정하다.
내가 말했다.

"천하에 읽을 것은 경서經書뿐이지. 그러나 한 번에
백 번 천 번씩 읽을 필요는 없네. 여가가 있으면 열 번
스무 번만 읽어도 좋지. 그 나머지 제자백가들의 책
과 역사책이야 많이 읽어 무엇 하겠는가. 다만 경서
는 관 뚜껑이 덮인 뒤에야 읽기를 그만둔다고 마음먹
어야 하네. 허나, 글을 읽는 것이 좋은 줄 알지만, 나
는 몸이 약하여 할 수가 없으니 두렵고 두렵다네."
희문이 말했다.

"형의 말이 매우 좋구려. 나도 경서를 중심으로 읽는

다네. 다른 작가의 문장은 두루 훑어보는 데에 그치지. 만일 문장을 쓰는 데에 도움이 된다면 읽는 횟수가 많아야 오십 번을 넘지 않는 것이 어떻겠는가. 『장자』는 '소요유'逍遙遊만 읽으면 그 나머지는 미루어 알 수 있지. 어떤 이는 『장자』를 천 번이나 읽었다는데, 어찌 심력心力을 낭비하는 것이 아니겠는가?"

내가 말했다.

"종종 가슴속에 바윗돌이 얹힌 듯 까닭 없이 슬픔이 일어 깊이 탄식할 때가 있다네. 이럴 때 굴원屈原의 '이소'離騷 : 굴원이 왕에게 버림받은 한을 노래한 장편 서정시와 송옥의 '구변'九辨 : 스승 굴원이 억울하게 추방당한 슬픔을 노래한 시을 외면 슬픔이 더 쌓인다네. 마음을 가라앉히고 『논어』를 읽으면 기운이 풀어지더군. 이런 경험을 여러 번 한 뒤에야 비로소 성인聖人의 기상이 천년 뒤에도 능히 객기客氣 : 바깥에서 들어오는 것으로 자신의 주기(主氣)를 변화시킬 수 있는 기운를 변화시킬 수 있다는 것을 알았네. 그 효험이 자못 뛰어나더군.

일가 사람 중에 나이가 어리고 의분이 강한 자가 있었네. 어느 날 밤 나와 함께 이야기를 했지. 송나라의 충신 육수부陸秀夫가 상흥제祥興帝를 업고 바다에 들어가던 일에 이르자 일가 소년의 눈에 눈물이 맺혔다네. 나도 따라 슬퍼졌지. 조금 뒤에 공자의 제자 증점

曾點이 기수沂水에서 목욕하고 무우舞雩에서 바람 쐰다는 구절을 읽었네. 그제야 우리 두 사람은 마음이 편안해져 웃으며 이야기했다네."

희문이 말했다.

"형의 말은 어찌 그렇게 내 마음과 같은가. 나 또한 벌레가 울고 달이 밝은 때면 늘 남다른 감회에 젖는다네. 지난해 북한산에 올라『논어』를 읽다가, 눈이 내린 뒤 동쪽 성문에 올랐었지. 산봉우리는 첩첩이 둘러 있고 새하얀 눈빛은 내 눈을 어지럽혔네. 마음이 숙연해져 즐겁지가 않더군. 급히 돌아와 다시『논어』를 읽으니 비로소 마음이 평온해졌지. 형의 말처럼 그랬네. 옛날에 여조겸呂祖謙이란 자가 기운이 지나쳐 매우 사나웠다지. 그러다 병이 들었는데『논어』를 읽고서 기질이 변했다는군. 예부터 그랬나 보이."_

「이목구심서」 1,『청장관전서』 48권

1-7.
책을 팔아 배고픔을 면하다

내 집에서 값비싼 물건은 오직 『맹자』 일곱 권뿐이라오. 오랫동안 굶주림을 견디다 못해 돈 이백 냥에 이책을 팔았소. 밥을 해서 실컷 먹고 희희낙락하며 영재 유득공에게 달려가 크게 자랑했소. 영재 또한 오래도록 굶주린 터라, 내 말을 듣자마자 『좌씨전』을 팔아 남은 돈으로 술을 사다 함께 마셨소. 이는 맹자가 친히 밥을 지어 나를 먹이고, 좌구명이 손수 술을 따라 나에게 권한 것과 무엇이 다르겠소. 맹씨와 좌씨를 천 번 만 번 칭송하였소. 만약 우리가 일 년 내내 이 책을 읽기만 했다면 어찌 굶주림에서 벗어날 수 있었겠소. 나는 비로소 알게 되었소. 글을 읽어서 부귀를 구하는 것은 요행을 바라는 술책에 지나지 않는다는 것을. 오히려 당장에 책을 팔아 잠시나마 배불

리 먹고 마시는 것이 더 솔직하고 가식이 없다오. 그
대는 어떻게 생각하시오?_「이낙서에게 보내는 편지」(與李洛瑞
書),『간본아정유고』6권

1-8.
『한서』로 이불 삼고, 『논어』로 병풍 삼아

경진·신사년 겨울에 내 작은 초가가 너무 추웠다. 입
김이 서리어 얼음꽃이 되었고, 이불깃에서는 서걱서
걱 소리가 났다. 게으른 성격인데도 자다가 일어나지
않을 수 없었다. 다급하게 『한서』漢書 한 질을 물고기
비늘처럼 이불 위에 죽 덮어 약간이나마 한기를 막았
다. 그렇게라도 하지 않았다면, 후산後山 : 송나라 관리. 추운
날 솜 없는 옷을 입고 제사에 참여했다가 한질(寒疾)에 걸려 죽음처럼 얼
어 죽은 귀신이 될 뻔했다. 어젯밤 초가의 서북쪽 구
석에서 매서운 바람이 들이쳐 등불이 몹시 흔들렸다.
생각다 못해 『논어』 한 권을 뽑아 바람을 막아 놓고,
나의 순발력에 흡족해 했다. 옛사람이 갈대꽃으로 이
불을 만든 것은 기이함을 좋아해서다. 또 금과 은으
로 상서로운 새와 짐승을 조각하여 병풍을 만든 것은

지나치게 사치스럽다. 둘 다 부러워 할 게 못 된다. 내가 다급한 상황에서 『한서』로 이불을 삼고 『논어』로 병풍을 삼은 것은 어떠한가? 왕장王章이 소의 깔개를 덮고,* 두보가 말안장을 덮은 것보다 낫지 않겠는가?

_ 「이목구심서」 1, 『청장관전서』 48권

---

* 한(漢)나라 때 왕장(王章)이 병 들었을 적에 집이 워낙 가난하여 이불이 없어 소의 깔개를 덮고 누웠다고 한다.

1-9.
선비의 네 가지 본분

어떤 이가 물었다.

"선비가 지켜야 할 본분은 대체로 몇 가지인가?"

내가 말했다.

"대략을 말하면, 집에 들어와서는 효도하고, 밖에 나가서는 공손하고, 낮에는 밭 갈고, 밤에는 글을 읽는 것, 이 네 가지뿐이다."

해가 뜨는 묘시卯時: 새벽 5~7시에서 해가 지는 유시酉時: 저녁 5~7시까지, 글도 읽지 않고 마음도 거두지 않고 스승과 벗도 만나지 않고 일도 하지 않는다면 무얼 하겠는가? 이리저리 떠돌아다니고, 시끄럽게 떠들고, 쓸데없는 망상을 하고, 기대어 앉고 가로 눕고, 장기나 바둑을 두고, 술에 만취하여 대낮까지 잔다면, 한가롭게 산다고 할 수는 있다. 그러나 새벽에 깨어서 고요히 어제 한 일을 생각하면 사람으로서 해야 할 일을 못한 것이니, 수족이 마비된 반신불수와 같다. 반나절을 허랑하게 보내는 것은, 비유하건대 난리를 당해 결혼할 시기를 놓치고, 가뭄 때문에 농사의 시기를 놓치는 것과 같다. 그러나 난리와 가뭄을 어찌 내가 만들었겠는가? 내가 만든 것이 아닌데도 이러하니, 스스로 만든 일은 어떠하겠는가? _「사소절」 3, 『청장관전서』 27~29권

1-10.
배우는 것보다 더 마땅한 건 없다

하늘이 나에게 귀, 눈, 입, 코, 팔다리와 뼈대를 준 것이 어찌 우연이겠는가? 하늘로부터 받은 것을 어떻게 해야 하는가? 귀는 마땅히 들어야 할 것을 듣고, 눈은 마땅히 보아야 할 것을 보고, 입은 마땅히 말해야 할 것을 말하고, 코는 마땅히 냄새 맡아야 할 것을 맡고, 팔다리와 뼈대는 마땅히 움직이고 멈추어야 할 때에 그렇게 하지 않으면 안 된다.

'당'當이라는 것은 '당연하다'는 뜻으로, '마땅함'을 일컫는다. 천리天理를 잃지 않는 것을 마땅함이라 한다. 내가 하늘로부터 받은 것이 어찌 우연이겠는가? 듣고, 보고, 말하고, 냄새 맡고, 움직이고, 멈추는 것이 불행하게도 그 마땅함을 잃는다면 이는 천리를 잃는 것이다. 이미 천리를 잃고서 하늘을 쳐다보면 어찌 마음에 심한 부끄러움이 일어나지 않겠는가?

나는 밤낮으로 '마땅함'에 대해 생각해 보았는데, 배우는 것보다 더 마땅한 건 없었다. 조금도 훼손되지 않은 귀, 눈, 코, 입, 팔다리, 뼈대를 갖추고서도 마땅히 배우지 말아야 할 것을 배운다면, 이는 애초에 배우지 아니하는 것만 못하다. 아예 배우지 않았다고 말하는 것이 옳을 것이다. _「배움에 관한 설」(學說), 「영처문고」 2, 『청장관전서』 1권

이덕무 편

2부
간서치의 관찰일지

2-1.
소소한 일상에 우주의 이치가 있다

어린아이가 울고 웃고, 시장에서 사람들이 물건을 사고 파는 것을 가만히 살펴보면, 거기서 무언가를 느낄 수 있다. 사나운 개가 서로 싸우는 것과 약삭빠른 고양이가 혼자서 노는 것을 조용히 관찰해 보면, 지극한 이치가 그 속에 있다. 봄 누에가 뽕잎을 갉아먹고, 가을 나비가 꿀을 모을 때는 하늘의 기운이 조화롭게 움직이고 있다. 수많은 개미떼가 진을 칠 때는 깃발과 북을 빌리지 않아도 절제가 있어 저절로 정연하다. 수많은 벌이 방을 만들 때는 기둥과 들보에 기대지 않아도 칸칸이 저절로 고르다. 이것들은 지극히 작고 지극히 미미한 것이지만, 그 각각은 무궁무진하고 지극히 오묘하며 지극히 조화롭다. 이 또한 장대하고 기이하지 아니한가? _「이목구심서」 1, 『청장관전서』 48권

2-2.
사물을 관찰하는 비법

만물을 관찰할 적에는 사물마다 별도의 안목을 갖추
어야 한다. 나귀가 다리를 지나갈 적엔 그 귀가 어떻
게 되는지를 보고, 집비둘기가 뜰에서 거닐 적엔 어
깻죽지가 어떻게 되는가를 보아야 한다. 매미가 울
적엔 옆구리가 어떻게 되는가를 보고, 붕어가 물을
삼킬 적엔 아가미가 어떻게 되는가를 보아야 한다.
귀, 어깻죽지, 옆구리, 아가미는 모두 그들만의 정신
이 드러나는 곳으로 지극히 오묘한 이치가 깃들어 있
다. _「이목구심서」 2, 『청장관전서』 49권

2-3.
팔구월의 모기 주둥이는 연꽃 같다

범석호范石湖 : 남송사대가의 한 사람으로 시에 뛰어남는 모기를
읊은 시를 썼다. 그 시에 '꽃 같은 주둥이'라는 뜻의
화훼花喙라는 두 글자가 있다.

내가 사근역沙斤驛으로 부임한 것은 육칠월 사이였다.
밤이면 모기떼가 문에 드리운 발 틈새를 타고 들어
차츰 벽모서리로 기어들어왔다. 그 중 배가 불룩하여
번쩍거리는 놈들이 셀 수 없이 많았다. 아이를 시켜
불을 밝히고 그놈들을 잡아 없애도, 조금 후면 또 들
어와 살을 물어 견딜 수가 없었다. 그 중 베모기麻蚊가
가장 독하고 대모기竹蚊가 조금 덜 독하다. 그 모양을
가만히 살펴보면 날개와 다리는 가늘고 약하며, 주둥
이는 코끼리 코 같다. 앉아 있을 때는, 반드시 주둥이
로 버틴 채 날개는 떨치고 다리는 뒤로 빼고 있다. 그

모양을 아무리 봐도 '꽃 같은 주둥이'라는 말을 이해할 수 없었다.

내가 규장각의 이문원摛文院에서 숙직할 때 벽에 모기가 많았다. 그런데 팔구월이 되면 모기가 사람을 물지 않았다. 벽에 앉아 있는 놈들을 한 마리 한 마리 자세히 살펴보니, 주둥이 끝이 벌어진 것이 마치 연꽃 같았다. 그때서야 '꽃 같은 주둥이'라고 한 비유가 잘된 것임을 알았다.

그 후 양승암楊升菴이 쓴 『단연록丹鉛錄』을 읽다가 이런 글을 보았다. "안개가 피어날 때면 게와 자라의 살이 빠지고, 이슬이 내릴 때면 모기 주둥이가 터진다." 옛사람들이 사물의 모양을 살피는 것이 이와 같이 정밀했으며 빠뜨리는 것이 없었다. _'모기의 주둥이는 연꽃 같다'(花喙蚊),「한죽당섭필」하, 『청장관전서』 69권

2-4.
거미의 줄치기는 부처와도 통한다

더운 날 저녁이었다. 팥꽃이 핀 울타리 곁을 거닐다
가 거미줄 치는 것을 보았다. 그 오묘함이 부처와도
통하는 것 같다. 실을 만들어 이리저리 당기는 다리
의 움직임이 예술 같다. 때로는 느릿느릿, 때로는 재
빠르게 솜씨를 발휘한다. 보리를 심는 사람의 발놀림
같고, 거문고를 퉁기는 사람의 손놀림 같다. _「선귤당농
소」,『청장관전서』 63권

2-5.
서리꽃에 대하여

내가 전에 서리 조각을 보니 거북 무늬 같았다. 최근에 다시 보니 어떤 것은 물총새의 깃털 같다. 또 어떤 것은 아래는 아주 짧고 가늘며, 위는 좁쌀 같은 것이 반드시 여섯 개씩 서로 모여 있는데, 모두 뾰족하고 곧게 서 있다. 대체로 기와나 나무에 붙은 것은 매우 작고 가늘며, 풀에 붙은 것은 모양이 분명하다. 낡은 솜이나 해진 천 조각에 붙어 있는 것은 하나하나 셀 수 있다. 그 기이함과 정교함이 말로 다할 수 없다. 내가 매번 자세히 관찰할 때마다 가슴 속에서 오묘한 생각이 누에가 실을 뽑듯 흘러 나왔다.

눈과 우박 또한 여러 종류가 있는데, 무송화霧淞花: 차가운 기운이 나무 등의 영하의 물체를 만나면 순간 얼어붙어 마치 눈꽃처럼 핀 것는 서리의 일종이다. 대개 눈과 우박은 공중에서 이미 모양이 만들어지기 때문에 낮이든 밤이든 똑같은 모양으로 내려온다. 그러나 서리와 무송화는 차가운 기운이 다른 사물에 엉겨 붙어야만 비로소 모양을 이루기 때문에 밤을 틈타야 만들어진다. 그런데 서리는 밖으로 드러난 곳에서만 생긴다. 이와 달리 무송화는 처마 사이의 길고 은밀한 곳에서도 생긴다. 나무 조각이나 갈대, 헝클어진 터럭, 엉킨 실 같은 것이 있으면 거기에 붙어서 꽃을 피운다. 이것은 안개처럼 천지에 가득 차서 사방으로 흩어진다. 그래서 처마 사이라도 찬 기운이 통할 수 있는 곳이면 비집고 들어가 서리꽃을 피우는 것이다. 이 또한 하나의 기이한 볼거리이다. _「이목구심서」 1, 『청장관전서』 48권

2-6.
의로운 족제비

군도감軍盜監에 장맛비가 말끔히 개었다. 큰 구렁이가 창고 옆 족제비 구멍으로 들어간다. 잠시 후 족제비 새끼를 삼키고 배가 불룩해져 뜰로 기어 나온다. 암 컷 족제비와 수컷 족제비가 깜짝 놀라 순식간에 구렁 이 앞에 오더니 번갈아가며 땅을 파는데, 그 구덩이 는 깊숙하고 길쭉하니 대나무 홈통 같다. 그런 다음 구덩이의 양 끝을 제 몸길이에 맞춰 수직으로 파내려 가더니, 암컷과 수컷이 그 속에 숨는다.

구렁이가 구불구불 기어서 족제비가 파 놓은 구멍으 로 들어간다. 머리부터 꼬리까지 틈이 없이 딱 들어 맞는다. 얼마 뒤, 구렁이는 움직일 수도 없고 배를 뒤 집을 수도 없어 드디어 죽고 만다. 아마도 두 마리의 족제비가 몰래 깨문 것 같다.

마침내 족제비가 구멍에서 나와 구렁이의 배를 가른
다. 족제비 새끼 네 마리가 죽어 있는 듯하나 몸은 온
전하다. 새끼들을 꺼내어 깨끗한 땅에 눕히고 번갈아
가며 콩잎과 닭의장풀을 물어 나른다. 먼저 새끼들
밑에 콩잎을 깔고, 위에다 닭의장풀을 두툼하게 덮는
다. 그러고 나서 암컷과 수컷이 잎사귀 속에 주둥이
를 묻고 기운을 불어넣자 네 마리의 새끼들이 꿈틀꿈
틀 살아난다.

아, 얼마나 지혜롭고 의롭고 자애로운가! 사람이 이
세 가지를 갖추었다면 선인善人이라 할 만하다. 언젠
가, 족제비를 잡다가 때리면 사방에서 족제비 떼가
모여들어 위기에 처한 족제비를 구해 낸다는 얘기를
들었다. 그 의리는 참으로 감탄할 만하다. _「이목구심서」
3, 『청장관전서』 50권

2-7.
가르치지 않았는데 어떻게 알았을까

쥐 한 마리가 닭장에 들어간다. 네 발로 계란을 끌어 안고 눕는다. 다른 쥐 한 마리가 와서 누운 쥐의 꼬리를 물고 끌어다가 닭장 밖으로 떨어뜨린다. 그러고는 닭장에서 내려와 누운 쥐의 꼬리를 물고 끌어서 쥐구멍으로 옮긴다.

병에 기름이나 꿀이 있으면 쥐가 그 병 위에 쭈그리고 앉아 병 속 깊이 꼬리를 넣어 기름이나 꿀을 묻힌다. 그리고 몸을 돌려 그 꼬리를 핥아 먹는다.

족제비 한 마리가 머리와 꼬리를 구분할 수 없을 정도로 온 몸에 진흙을 칠한다. 그런 뒤 앞의 두 발을 오므리고 썩은 말뚝 모양으로 밭둑에 사람처럼 서 있는다. 다른 족제비 한 마리가 눈을 감고 숨을 참은 채 그 아래 뻣뻣하게 눕는다. 까치가 와서 누워 있는 족제비를 엿보고는 죽은 줄 알고 한 번 쪼아 본다. 누워 있던 족제비가 꿈틀하면 까치는 의심이 생겨 썩은 말뚝 같이 서 있는 족제비 위로 올라앉는다. 그때 말뚝 같이 서 있던 놈이 입을 벌려 까치의 발을 꽉 깨문다. 까치는 비로소 족제비 머리에 앉은 것을 알게 된다.

벼룩이 온몸을 물면 족제비는 나무토막 하나를 입에 물고 시냇물에 꼬리를 담근다. 그러면 벼룩이 물을 피해 족제비의 허리와 등골로 모여든다. 족제비가 몸을 담글수록 벼룩은 물을 피해 올라가고, 벼룩이 올라갈수록 족제비는 점점 깊이 물속으로 들어간다. 목까지 물에 담그면 벼룩은 족제비가 물고 있는 나무토막에 모두 모인다. 그때 족제비는 나무토막을 버리고 언덕으로 오른다.

누가 가르친 것도 아니고, 서로 깨우쳐 준 것도 아니다. 한 마리 쥐가 알을 안고 눕더라도 다른 쥐가 그 꼬리를 물어 끌고 갈 줄을 어찌 아는가? 한 마리 족제비가 말뚝처럼 서 있는데 다른 한 마리가 그 아래 뻣뻣하게 누울 줄을 어찌 아는가? 이것이 어찌 저절로 타고난 것이 아니겠는가? _「이목구심서」1,『청장관전서』48권

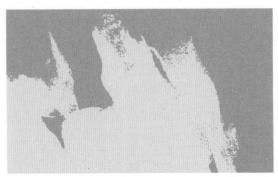

이덕무 편

3부
벗이 있으니 기쁘지 아니한가

3-1.
최상의 즐거움

마음에 드는 계절에, 마음이 맞는 친구를 만나, 마음
에 있는 이야기를 나누며, 마음에 드는 글을 읽으면,
이보다 더한 즐거움이 없다. 하지만 이런 기회가 얼
마나 드문지! 일생을 통틀어 몇 번이나 올까? _「선귤당
농소」, 『청장관전서』 63권

3-2.
나비를 맞이하는 꽃의 심정

뜻이 맞는 벗이 오래 머물지 못할 때가 있다. 그럴 때 나의 마음은 나비를 맞이하는 꽃과 같다. 나비가 오면 너무 늦게 온 듯하고, 잠깐 머무르면 홀연히 왔다 간 듯하고, 가 버리면 연연해하는 꽃의 심정이랄까. _

「선귤당농소」, 『청장관전서』 63권

3-3.
만약 내가 지기를 얻는다면

만약 한 사람의 지기知己를 얻는다면 나는 이렇게 하리라. 십 년 동안 뽕나무를 심고, 일 년 동안 누에를 쳐서 손수 오색실을 물들이리라. 열흘에 한 색깔을 완성하면 오십 일에 다섯 색을 물들일 수 있으리라. 화창한 봄볕에 말려서 섬세한 아내에게 수없이 단련된 바느질로 내 친구의 얼굴을 수놓게 하리라. 진귀한 비단으로 장식하고 예스런 옥玉으로 굴대둘둘 말도록 되어 있는 물건의 끝에 끼는 막대를 만들리라. 뒤에는 높은 산이 우뚝 솟아 있고, 앞에는 넘실넘실 물이 흐르는 곳에 걸어 놓고서, 말없이 마주하다가 어스름 녘에 품고서 돌아오리라. _「선귤당농소」, 『청장관전서』 63권

3-4.
참된 벗

과거와 벼슬로 유혹하는 사람은 벗이 아니요, 권세와 이익에 의지하는 사람은 벗이 아니다. 장기·바둑이나 두고 술이나 마시고 우스갯소리나 하고 떠들썩하게 웃는 사람은 벗이 아니요, 시문詩文이나 서화書畫나 기예技藝를 칭찬하는 사람은 벗이 아니다. 아! 지금 사람들이 말하는 벗의 도리道理는 내가 심히 개탄하는 바이다. 겸허하고 공손하며, 단아하고 조심스러우며, 진실하고 정성스러우며, 이름과 절개를 서로 북돋고, 과실過失을 서로 경계하며, 담박하여 바라는 바가 없고, 죽을 때까지 신의를 저버리지 않는 사람이 참된 벗이다._「사소절」4, 『청장관전서』 27~29권

3-5.
친구 이서구에게 보내는 편지

1.

나는 단 것을 좋아하오. 그것은 마치 성성猩猩이^{산해경} _{(山海經)에 나오는, 술을 매우 좋아하는 동물}가 술을 좋아하는 것 과 같고 원숭이가 과일을 좋아하는 것과 같소. 내 친 구들은 모두 단 것을 보면 나에게 주곤 한다오. 하지 만 초정楚亭:^{박제가}만은 인정머리가 없소. 세 차례나 단 것을 보고, 나를 생각하지도 않고 주지도 않았소. 때 때로 남이 내게 준 것까지 훔쳐 먹곤 했다오. 친구의 의리로 허물이 있으면 바로잡아 주는 법이니, 바라건 대 그대가 초정을 심히 꾸짖어 주오.

2.

예전에 책을 빌려 베끼는 사람을 보고 그가 지나치게

부지런하다고 비웃은 적이 있소. 어느덧 나도 그를 따라하여 눈이 어둡고 손에 굳은살이 박이는 지경에 이르렀다오. 아, 참으로 사람은 자신을 헤아리지 못하는구려. 『유계외전』留溪外傳 첫 권을 보내니 등불 아래서 한 번 읽어 보고 날이 새면 이른 아침에는 돌려주오. 이는 모두가 효자, 충신, 열녀, 기인에 관한 것으로 세상 살아가는 도리를 깨치는 데에 도움이 되는 글이라오. 그 중 갑신년1644년 명나라 의종毅宗이 목을 매 순국한 대목에 이르면 눈물이 흐르고 뼈가 아프며 담이 서늘해진다오.

3.

어떤 이가 나에게 공책을 주기에 그것을 벼루 위쪽에 두었소. 쓸쓸하고 한적하여 글을 읽고 싶은 생각이 들면 옛사람들이 깨우침을 얻은 문장을 아무것이나 뽑아 소리 내어 읽는다오. 그리고는 급히 먹을 갈아 연도를 구별하지 않고 공책에 그 글을 써내려 가면 마음이 무척 즐거워진다오. 아무리 좋은 술과 아름다운 꽃이라도 이 즐거움과 바꿀 수 없었소. 이제 문득 이헌길李獻吉 : 명(明)나라의 문인 이몽양(李夢陽)의 문장이 생각나서 한두 수를 기록하여 보내고자 하오. 이것은 내가 칠팔 년 전에 읽은 것이라오. 『설부』說郛 1권도 돌려보내오.

4.

나는 게으르고 보잘 것 없는 사람이오. 그런 사람이 어찌 날마다 자전각字典閣에 나아가 허다한 글자를 교열하겠소? 옛날에 동춘同春 송 선생송준길(宋浚吉)은 남에게 책을 빌려 주면서 독서를 권했다오. 빌려갔던 사람이 책을 돌려주었을 때에 책에 보풀이 일지 않았거나 때가 묻어 있지 않으면, 학문에 부지런하지 않음을 책망하고 반드시 다시 빌려 주곤 하였소. 그런데 어느 악동이 책을 빌려갔다가 읽지 않고 돌려주면서, 책망을 들을까 두려워 그 책을 밟고 문질러 열심히 읽은 것처럼 꾸민 일이 있었소. 그대는 송 선생의 중후함을 배웠으면 좋겠소. 하물며 나는 그 악동처럼 책을 밟고 문지르지도 아니하니 더욱 더 읽기를 권해야 하지 않겠소? _「이낙서에게 보내는 편지」(與李洛瑞書), 『간본아정유고』 6권

3-6.
친구 박제가에게 보내는 편지

어젯밤에 그대가 문밖으로 나가자 나는 몹시 서운했다오. 하늘을 우러러 사방을 돌아보니, 먹구름이 몰려들고 빗방울이 한두 방울 떨어지기에 곧 동자童子를 시켜 뒤쫓게 했다오. 쇠다리까지 갔는데 보지 못했다고 했소. 나는 한참이나 탄식했다오. 나는 세상 물정에 어두워 백 가지 중 잘하는 것이 하나도 없소. 어린아이처럼 어리석고 소녀와 같이 조용할 뿐이라오. 뜻밖에 그대를 만나 은연중에 속마음을 털어놓는 사이가 되었소. 그대가 나처럼 가난한 사람의 집을 찾아 주고 또 정감어린 편지까지 보냈구려. 편지 오백여 글자마다 진심이 드러났소. 스스로 돌아보아 재주도 없고 공적이라곤 없으니 어찌 이를 받을 수 있겠소? 처음에 나는 깜짝 놀라며 부끄러워하다가 이어서 감탄하고 끝내는 기뻐하였소. 그대처럼 기품 있고 재주가 뛰어난 사람을 얻게 된 걸 행운으로 생각하오.

그대는 나이가 어린데도 어른처럼 의젓하며, 정신이 치우치지 않고 심지가 굳으며 말에 조리가 있구려. 지나치게 꾸미지 않고 질박함을 따르니 옛날 기남자奇男子 : 재주와 슬기가 남달리 뛰어난 남자의 풍모가 있소. 나는 그대 같은 이가 일찍이 없었다고 감탄한다오. 후생後生 가운데 수재로 추앙하지 않을 수 없소. 그대는 나의 허술함을 살피지 않고 오히려 칭찬하여 추어올리니 이루 말할 수 없이 감격했다오. 그대는 한결같은 마음으로 벗을 사귀니, 요즘 사람들은 따라 할 수 없는 도리를 지녔다고 할 수 있소. 내가 어찌 본심을 지켜 보답하지 않을 수 있겠소.

내가 예전에 잠언箴言 : 가르쳐서 훈계가 되는 말을 지어 말했소. '말은 금쪽같이 아끼고 공적은 옥玉처럼 갈무리하라. 그 빛남을 마음속에 간직하여 오래되면 밖으로 빛을 발하리라.' 또 '지조 없이 속세에 맞추면 자취가 더러움에 물들게 되고, 숨어 살며 괴이한 일을 행하면 그 뜻이 오만함에 빠진다. 더러움에 물들면 남에게 아첨하게 되고, 오만하면 자신을 상하게 한다.' 또 옛사람이 이런 말로 경계했다오. '특별히 남과 달리

할 필요는 없으나 구차스레 남에게 부합할 필요도 없다.' 내가 이 글을 즐겨 읽으며 여러 지인들에게 써 주었소. 그대는 어떻게 생각하오? 아, 거짓된 기운이 날로 성해지고 생활이 지나치게 방탕해져 회복할 줄 모르는 세태를 차마 입으로 말할 수가 없소. 오직 그대만이 순박하고 진실하고 정밀하고 총명하여 선현에 가까우니, 더욱 부지런히 힘을 써야 하오.

내 나이가 실로 그대보다 많지만, '덕망도 나보다 뛰어나고 재주도 나보다 낫다'는 그대의 칭찬을 내 어찌 감당하겠소. 해가 길어졌으니 한가한 날을 틈타 가벼운 차림으로 나는 듯이 찾아와 주지 않겠소? _「박제가에게 보내는 편지」(與朴在先書), 『청장관전서』 20권

3-7.
아! 술이 익지도 않았는데

부처님이 깨우쳐 주셨네. '사람의 삶과 죽음은 포말泡沫과 파초芭蕉 같다'고. 변화하고 소멸하는 것이 그와 같음을 말한 것일세. 포말은 잘 꺼지지만 계속해 일어나고, 파초는 묵은 뿌리가 있어 무성히 자랄 수 있는 생성의 원리를 머금고 있다네. 그러나 지금 그대의 포말은 한번 꺼지면 그만이고, 그대의 파초는 다시 푸르기가 어렵도다.

이 세상을 떠나면 다시 돌아오지 못할 터인데 그대는한 점 혈육조차 없구나. 후사가 있다면 눈썹과 머리털이 완연히 그대를 닮았을 테니, 내가 수시로 가서 안아 보고 그대를 생각하며 기뻐하겠지. 정녕 여기에서 끝이란 말인가. 하지만 다행히도 상자 속에 몇 편의 책자를 남겨 놓았구려. 생각이 날 때마다 와서 한 번씩 읽으면 온갖 생각이 끊이지 않겠지. 추운지 더운지 잘 지내는지 안부를 묻는 말이 입 속에 맴돌아 그치지 않네. 그러나 글자는 촘촘한데 그리운 마음 다 표현되지 못하고, 겨우 뜻을 전하는 데 그쳤네.

만날 줄 알았더니 홀연 어렵게 되었네. 동문東門의 동쪽 오 리를 가면 단풍이 서리에 취해 붉게 물들어 있네. 술병을 지니고 놀러가자 약속한 지 한 달도 못 되었는데, 그대가 어찌하여 이렇게 되었단 말인가. 단풍잎에는 찬란한 빛이 남아 있고, 빚어 둔 술은 밥알이 삭지도 않았는데, 그대 홀로 죽어 듣지도 보지도 못하는구나.

이름난 집안의 후손이며 착한 선비로 잘 살아온 그대, 성품이 자상하고 품행이 단정하며 자태 또한 아름다웠지. 스승과 벗들은 마음으로 흠모하며 은근히 의지했도다. 장수하며 복을 누리기를 바랐지만 요절하여 후사가 없고 이름도 사적史籍에 실리지 못했구나.

붉은 명정銘旌: 죽은 사람의 관직과 성씨 따위를 적은 기(旗)에 낮은 벼슬 쓸쓸히 새겨져 있고, 시월의 추운 겨울이라 상여의 수레바퀴는 머무르지 않네. 제문을 붙들고 곡哭을 하며 그대를 저승길로 보내니, 어둡고도 희미한 가운데 그대, 귀 기울여 들어주시게. _「우인에게 드리는 제문」(祭友人文), 『간본아정유고』 3권

이덕무 편

4부
간서치의 격물치지

4-1.
글에도 정情·경境·성聲·색色이 있다

포희包犧 : 팔괘(八卦)를 만든 중국 고대의 임금씨가 죽은 뒤 그 문장이 사라진 지 오래다. 하지만 곤충의 더듬이, 꽃술, 공작새의 비취빛 깃털에 문심文心 : 문장을 불러오는 마음 이 변함없이 남아 있고, 허리가 잘록한 호리병, 볼록한 주발, 둥근 해, 활 같은 반달에는 글자의 형체가 온전히 남아 있다. 천둥, 번개, 산천에서 나오는 모든 기운에는 소리와 색깔이 깃들어 있다. '서리가 내리면 얼음이 얼고, 학이 울면 새끼가 화답한다'는 말에는 여전히 정情과 경境이 살아 있다. 그러므로 사물의 상象이 드러나는 『역』易을 읽지 않고선 그림에 대해 알 수 없고, 그림을 알지 못하고선 글에 대해 알 수가 없는 법이다.

그렇다면 글에 소리[聲]가 있는가?

탕왕의 대신大臣이었던 이윤伊尹 : 탕왕(湯王)의 아들 태갑(太甲)이 왕이 되자 어린 왕을 훈도하는 글을 올렸다. 성왕의 숙부였던 주공周公 : 어린 조카 성왕(成王)에게 안일(安逸)을 경계하는 글을 올려 훈계했다의 말을 내가 들은 건 아니지만, 글을 통해 그들의 목소리를 상상해 보면 지극히 정성스러웠을 것이다. 외로운 아들 백기伯奇 : 계모(繼母)의 모함을 받아 쫓겨나자 '이상조'(履霜操)라는 노래를 지어 자신의 처지를 한탄했다와 기량杞梁의 홀로된 아내기량이 전사(戰死)하자 강에 몸을 던져 죽었다의 모습을 내가 본 건 아니지만, 글을 통해 그들의 목소리를 상상해 보면 절절했을 것이다.

글에도 색깔[色]이 있는가?

『시경』에 있다. "의젓한 몸가짐 훌륭하니, 흠잡을 데 없구나"라는 시구와 "흑단 같은 머릿결 구름 같으니, 다리여자들의 머리숱이 많아 보이라고 덧넣었던 딴머리를 얹을 필요가 없네"라는 시구에 색깔이 있다.

글에도 정情이 있는가?

"새가 울고 꽃이 피며, 물은 녹색이고 산은 푸르네"라는 시구에 정이 있다.

글에도 경境이 있는가?

"먼 데 물은 물결이 없고, 먼 데 산에는 나무가 없고, 먼 데 사람에겐 눈이 없다. 손가락으로 가리키고 있는 이는 말하는 이요, 손을 모으고 있는 이는 듣는 이다"라고 한 것에 경이 있다.

그러므로 늙은 신하가 어린 임금에게 고할 때의 마음
이라든가 아버지에게 쫓겨난 자식이나 남편을 잃은
지어미의 그리워하는 마음을 알지 못하는 자와는 '소
리'에 대해 논할 수 없다. 글을 짓되 시심詩心이 없는
자와는 『시경』의 시들이 보여 주는 '색깔'에 대해 논
할 수 없다. 그리고 이별의 순간이 없는 사람이나 심
오한 뜻이 없는 그림이라면, 문장의 '정'과 '경'을 알
수 없다. 곤충과 꽃술을 하찮게 여기는 사람은 문장
의 마음[文心]이 없다고 할 것이며, 기물器物의 모양에
관심이 없는 사람은 한 글자도 제대로 알지 못하는
사람이라고 할 수 있다.

신묘년 초겨울 청장이 생각나는 대로 적다. _「종북소선
서(序)」, 『종북소선』(鍾北小選)

4-2.
시흥詩興이 일어나면

시인과 문장가는 좋은 계절에 아름다운 경치를 보면, 시를 쓰는 어깨가 산만큼 솟아오르고, 읊조리는 눈동자가 물결처럼 일렁이고, 두 볼에는 향기가 나고, 입술에선 꽃이 핀다. 그러나 조금이라도 분별하는 마음이 숨겨져 있다면 큰 결점이 된다. _「이목구심서」2, 『청장관전서』 49권

4-3.
뱃속에서 솟아난 봄의 샘물

재주 있는 이의 뱃속에는 한 줄기 봄의 샘물이 솟아
나 고운 물결 일렁이며 멈추지 않는다. 시험 삼아 오
른팔로 흘려보내면, 졸졸 흘러서 붓대에 이르고 붓끝
에서 동그랗게 방울방울 떨어진다. 동글동글한 것이
수은 방울 같기도 하고, 앵무사리鸚鵡舍利 : 공작석 같기
도 하고, 인어의 눈물 같기도 하다. _ 「이목구심서」 2, 『청장
관전서』 49권

4-4.
삼월이 오면

삼월의 푸른 시내 말끔히 개니, 햇빛은 찬란하고 복숭아꽃 붉은 물결 언덕 가득 출렁인다. 오색 빛 작은 붕어가 지느러미를 흔들며, 마름 사이를 유유히 헤엄친다. 거꾸로 서기도 하고 가로로 뒤집기도 하고 주둥이를 물 밖으로 내놓기도 하며 아가미를 벌름거리니, 만물의 움직임이 지극히 쾌활하고 자연스럽다.

따스한 모래는 깨끗도 하구나. 해오라기, 비오리, 뜸부기들이 둘씩 넷씩 무리지어 노닐고 있다. 비단 같은 바위에 앉기도 하고, 풀숲에서 지저귀기도 하고, 날개를 털기도 하고, 모래로 몸을 씻기도 하고, 물에 비친 제 그림자에 취하기도 한다. 천연의 몸짓이 평화로우니 요순시대의 기상이 아닌 게 없다.

이를 보고 있노라면, 웃음 속의 칼과 마음속의 화살

과 가슴속의 서 말 가시가 말끔히 사라져, 한 오라기 깃털조차 남아 있지 않다. 나의 생각을 삼월의 복숭아꽃 물결이 되게 하면, 물고기와 새가 활발하게 움직이듯 이치를 따르는 나의 마음을 자연스레 도울 듯하다. _「선귤당농소」, 『청장관전서』 63권

4-5.
손가락은 먹을 잊고 먹은 벼루를 잊고

붓은 마른 대나무에 죽은 토끼털이요, 먹은 오래 묵힌 아교에 타고 남은 석탄가루요, 종이는 해진 삼베와 뭉그러진 닥나무요, 벼루는 낡은 기와와 무딘 쇳조각에 불과하다. 이러한 사물들이 어떻게 오묘하게 변하는 사람의 정신과 생각을 그릴 수 있는가. 지금 붓, 종이, 먹, 벼루를 보고, 피와 살을 만드는 심포心包 : 심장을 싸고 있는 주머니, 굽혔다 폈다 하는 팔뚝과 손가락, 보고 즐기는 눈동자와 같다고 말한다면 사람들은 틀림없이 믿지 않을 것이다. 또 붓은 먹을 닮았고, 먹은 종이를 닮았고, 종이는 벼루를 닮았으며, 마음은 눈을 닮았고, 눈은 팔뚝을 닮았고, 팔뚝은 손가락을 닮았다고 말한다면, 밝은 눈과 강한 담력으로 살펴볼지라도 전혀 비슷하지 않다고 생각할 것이다.

그러나 어떤 경계와 부딪치고 형상과 접촉해서 내 마음에 솟구치는 바가 생기면, 갑자기 눈동자는 빠르게 움직이고 팔뚝은 내달리며 손가락은 저절로 붓을 잡는다. 벼루는 먹을 기다리고, 먹은 붓을 기다리고, 붓은 종이를 기다린다. 종이에 붓을 비스듬히 기울여서 좌우로 내달리다 보면, 잠깐 사이에 날고 뛰고 나고 드는 변화로 기운을 얻고 뜻이 가득 차서 그리지 못할 게 없다.

마음은 눈을 잊고, 눈은 팔뚝을 잊고, 팔뚝은 손가락을 잊고, 손가락은 먹을 잊고, 먹은 벼루를 잊고, 벼루는 붓을 잊고, 붓은 종이를 잊는다. 이때에는 팔뚝과 손가락을 일컬어 마음과 눈이라 해도 되고, 붓과 종이, 먹과 벼루를 일컬어 마음과 눈, 팔뚝과 손가락이라 해도 되고, 먹과 벼루를 일컬어 붓과 종이라 해도 된다.

말없이 마음을 거두고 눈동자를 편안히 하고 팔뚝과 손가락을 소매 속에서 맞잡는다. 그리고 먹을 닦고 벼루를 씻고 붓을 꽂고 종이를 마는 데에 이르면, 붓과 종이, 먹과 벼루, 마음과 눈, 팔뚝과 손가락은 서로 도모하기를 그치고 제자리로 돌아가, 하던 일도 잊어버린다. _「이목구심서」 1, 『청장관전서』 48권

4-6.
사물에는 고유한 기운이 있다

기이하고 빼어난 기운이 사라지면 어떤 물건이라도 흔한 절구처럼 보인다. 산에 이 기운이 없으면 깨어진 기왓장이고, 물에 이 기운이 없으면 썩은 오줌이다. 학문하는 선비가 이 기운이 없으면 건초 더미이고, 세상을 거부한 은자가 이 기운이 없으면 진흙 덩어리이다. 무사武士에게 이 기운이 없으면 밥통일 뿐이요, 문인文人에게 이 기운이 없으면 때 주머니이다. 벌레와 물고기, 꽃과 초목, 글과 그림, 그릇과 각종 세간에 이르기까지 그러하지 않은 것이 없다.

신령스럽고 정미롭고 빼어난 기운은 하늘이 내려 주고 땅이 기른 것이다. 이것을 얻은 자는 귀하니, 어찌 더럽고 냄새 나는 것들과 어깨를 나란히 하고 발꿈치를 맞댈 수 있겠는가. 그러므로 빛나는 눈동자로 굽

어보고 우러르며 사방을 돌아보아, 먼저 이 기운이
흩어졌는지 왕성한지를 살피면 삼라만상이 그 정황
情況을 숨기지 못할 것이다. 그러나 형상 밖의 아득하
고, 마음속의 그윽한 기운은 마음으로는 분명하나 표
현하기는 어렵다._「이목구심서」 1, 『청장관전서』 48권

4-7.
반나절 허물이 없으면
반나절 신선이 된다

신선은 특별한 사람이 아니다. 신선은 담박하여 한
점의 허물도 없는 상태를 말하니, 이런 순간 도道는
원숙해지고 금단金丹 : 신선이 만든다고 하는 장생불사의 영약의
방술은 이미 이루어진 것이다. 날아올라 신선이 된다
는 것은 억지로 꾸민 말일 뿐이다. 한순간 허물이 없
으면 한순간 신선이 되고, 반나절 허물이 없으면 반
나절 신선이 된다. 나는 오래도록 신선이 되지는 못
하지만, 하루에 서너 번쯤은 신선이 된다. 그러나 속
세의 뿌연 먼지를 발 아래 두고 갑자기 신선이 되려
는 자는, 평생에 한 번도 신선이 될 수 없을 것이다.

_「선귤당농소」,『청장관전서』63권

4-8.
이익을 바라는 마음과
불쌍히 여기는 마음

불쌍히 여기는 마음[惻隱之心]이 저절로 생겨나는 것
은 성인聖人이나 어리석은 사람이나 차이가 없다. 그
러나 이익을 바라는 마음이 그 속에 버티고 있으면
마음이 무디어져 불쌍히 여기는 마음이 일어나지 않
는다. 일찍이 내가 삼전도의 얼음 위를 건널 때, 소잔
등에 곡식을 실은 사람이 있었다. 소가 넘어질 듯 비
틀거리며 물에 빠지려 하자, 그 사람은 고삐를 잡고
갈팡질팡하며 소리치다 소와 함께 빠질 지경이었다.
강가에 있던 사람이 멀리서 외쳤다.
"내가 건너게 해 줄 테니 나에게 돈을 주겠소?"
소 주인이 고개를 끄덕이자, 그 사람이 다시 "얼마를
주겠소?" 하고 물었다. 그러는 사이에 소는 빠지고
말았다. _「이목구심서」 2, 『청장관전서』 43권

4-9.
사람만이 자기 병을 치료하지 못한다

꿩의 부러진 발에는 송진을 바르면 붙고, 벌에 쏘인 거미는 토란 줄기를 씹어 그 즙을 바르면 낫고, 쥐가 비상에 중독되면 뒷간에 들어가 똥물을 먹으면 깨어난다. 이름난 의사 유부兪拊 : 위장과 오장을 씻어 죽은 사람을 살렸다고 하는 유명한 외과의사와 편작扁鵲 : 중국 전국시대의 명의이 꿩을 가르친 것도 아니요, 의술을 연구하는 뇌공雷公 : 『황제내경』에 등장하는 의학에 정통한 고대인과 기백歧伯 : 『황제내경』에 등장하는 의학에 정통한 고대인의 글을 거미와 쥐가 읽은 것도 아니다. 이들은 아프지 않을 때엔 무엇이 약이 되는지 모르다가 병이 들면 그 즉시 약이 되는 게 무엇인지 자연스레 깨닫는다.

곧바로 약물을 취하는 것이 자석이 바늘을 끌어당기고, 어린아이가 젖을 빠는 것과 같지만 그들도 왜 그러한지는 알지 못한다. 이는 하늘이 하는 것이다. 그들로 하여금 자연히 알게 하지 않는다면 이들을 누가 치료하여 주겠는가.

잡가雜家 :춘추전국시대에 제가(諸家)의 설을 종합하고 참작하여 만든 학설 또는 그 학설을 따르던 학파 중에 의학 관련 서적이 만 권이 넘는데도 오직 사람만이 자기 병을 치료하지 못한다. 그뿐만 아니라 의사라 할지라도 사람을 살리지 못한다. 어째서 그러한가? 꿩이나 거미나 쥐들의 마음은 한 곳으로 모아지는데, 사람의 마음은 흩어져서 하나로 모으기 어렵기 때문인가? _「이목구심서」 1, 『청장관전서』 48권

4-10.
깨끗한 볼기와 때 낀 볼기

함양에 한 선비가 있었다. 그는 몸가짐을 몹시 조심
하여, 날마다 양쪽 볼기를 깨끗이 씻었다. 사람들이
그것을 괴이하게 여겨 물어보니 그가 말했다. "세상
일은 알 수가 없소. 내가 지금 비록 몸가짐이나 언행
을 조심하고 있지만, 불행하게도 관아에 죄를 지어
바지를 벗고 태형을 받을 일이 생길지도 모르잖소.
그때 볼기가 시커멓다면, 부끄러움과 후회스러움을
어찌 감당한단 말이오."
과연 그가 죄 없이 관청 뜰에 송치되어 곤장을 맞게
되었다. 볼기가 이상하리만큼 깨끗하여 관장이 감탄
하며 말했다.
"볼기가 저리도 깨끗한 걸 보니 저 사람이야말로 참
선비로다."

그리하여 한 대도 때리지 않고 죄를 사면해 주었다.

또 한 선비가 죄를 짓고 관아에 잡혀왔다. 볼기가 시커먼 것이 그을음과 숯 같아서 사람의 살갗이 아닌 듯했다. 관장이 큰소리로 죄를 물으려다 웃음을 터뜨리며 집행을 중지했다. 그 역시 한 대도 때리지 않고 오히려 죄를 면해 주었다.

그래도 볼기를 깨끗이 씻은 선비가 몸가짐을 매우 삼갔으니, 시속時俗을 깨우칠 만하다. _「한죽당섭필」 상, 『청장관전서』 68권

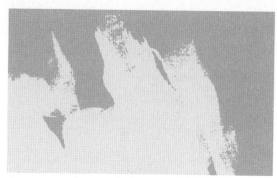

이덕무 편

5부
간서치의 천 마디 말, 만 마디 말

5-1.
칠십 리에 덮인 눈

계미년1762년 섣달 스무이틀, 나 이덕무는 황마黃馬를 타고 충주로 길을 떠났다. 아침에 이부利富 고개를 넘어가는데 찬 구름이 하늘을 가리고 눈이 펄펄 날리기 시작한다. 눈이 가로로 비껴 날리는 게 베틀 위의 씨줄 같다. 날리는 눈이 귀밑털에 깃드는 것이 은근한 뜻이 있는 듯하다. 나는 이를 몹시 좋아하며 하늘을 우러러 입을 크게 벌려 들이마셨다.

산의 좁은 길이 제일 먼저 하얗게 되고, 먼 데 소나무는 아직 검은 빛인데 가까운 소나무는 흰 빛으로 변해 간다. 눈이 바람을 끼고 쏴쏴 하고 휘몰아친다. 밭 가운데 줄지어 서 있는 말라 버린 수숫대가 휘파람을 부는 것처럼 울부짖는다. 수숫대의 붉은 껍질이 눈 위에 거꾸로 쏠리니, 저절로 초서草書가 된다.

떨기나무가 뒤섞여 있는 곳에 마른 까치 예닐곱 마리가 암수 짝지어 한가로이 앉아 있다. 부리를 가슴에 파묻고 눈을 반쯤 감고 있어, 자는 듯 자지 않는 듯하다. 조금 떨어진 곳에서는 부리를 갈기도 하고, 목을 돌리기도 하며, 발톱을 들어 눈꺼풀을 비비기도 하고, 정강이를 곧추세워 옆에 있는 놈의 날개깃을 쓸어 주기도 한다. 정수리에 눈이 쌓이면 흔들어 떨어지게도 하고, 눈이 날리는 모습을 응시하기도 한다.

저 멀리 벼랑 끝으로 말이 달려가는데 독 속으로 빨려 들어가는 듯하다. 비스듬히 누운 소나무가 어깨를 치기에, 손을 들어 다섯 닢을 따서 씹어 보니 맑은 향내가 난다. 눈 위에 침을 뱉으니 흰 눈이 푸르러진다. 눈이 쌓여 턱까지 차는데도 차마 털지 못했다. 말머리로 다가오는 나그네를 보니 뺨이 붉고 주름도 없는 젊은이였다. 왼쪽 수염은 그을음 같은데 오른쪽 수염은 희다. 눈썹 또한 이와 같다. 그 모습을 보고 나는 크게 웃어 갓끈이 끊어질 뻔했다. 쌓인 눈을 말갈기 쪽으로 털면서 나는 또 한 번 웃었다. 눈이 서쪽을 향해 날리니 오른쪽 눈썹 위에만 하얗게 쌓인 것이다. 오른쪽 수염이 하얘진 것은 이 때문이지 사람이 늙어서 흰 것은 아니다. 나는 수염이 없기에 눈썹을 치어다보니 나 역시 왼쪽만 희다. 또 한 번 크게 웃다가 말에서 떨어질 뻔했다. 눈은 맞은편에서 날아오고 나는 앞으로 나아가니, 눈썹이 쉽게 희어진다.

떨기나무가 우거진 곳에 울퉁불퉁한 바위가 곱사등이처럼 구부리고 있다. 바위 정수리엔 흰 눈이 덮였으나 오목하게 들어간 배에는 눈이 쌓이지 않아 살짝 거무스름한 것이 찡그리는 듯하다. 귀신도 아닌 듯 부처도 아닌 듯 어찌 보면 호랑이와도 같다.

말이 코를 휘두르며 앞으로 나가려 하지 않는다. 마부가 사납게 소리를 질러 꾸짖으니 억지로 걷기 시작한다. 느긋하게 말이 가는 대로 맡겨 놓으니 대략 칠십 리쯤 왔다. 사방이 골짜기 아니면 들이다. 벌목하는 소리가 허공에 울려 퍼진다. 사방을 돌아보아도 사람은 가리어져 보이질 않는다. 하늘과 땅이 맞붙은 것처럼 어슴푸레하다. 흡사 수묵水墨으로 출렁거리는 강물을 넓게 펼쳐 놓은 듯하다. 그 누가 이렇게 짙은 먹물을 만들었을까?

저 멀리 바라보니, 저물녘 안개 낀 강의 모습이 골짜기와 들판 사이에 홀연히 나타났다. 나는 긴가민가했다. 연기 너머로 은은히 돛대가 보이고, 도롱이를 입고 삿갓을 쓴 노인이 고기를 메고 낚싯대를 끌며 지나간다. 은은히 비치는 마을 어귀에 꽥꽥거리는 청둥오리가 빙 돌아 숲으로 모여든다. 저 멀리 버들 숲에는 햇볕에 말리는 어망漁網이 흔들거린다.

나는 의아함을 견디지 못하고 마부에게 물었다. 마부도 나처럼 생각했다. 다시 나그네에게 물었다. 나그네는 마부와 생각이 같았는지, 빙그레 웃으며 말을 채찍질하여 동쪽으로 향했다. 조금 있다가 멀리 보이던 것이 바로 눈앞에 다가왔다. 내가 본 저물녘 안개 낀 강은 황혼이 점점 어둠으로 변하는 것이고, 은은하게 보이던 돛대는 장마 뒤에 지붕은 무너지고 기둥만 남은 집이었다. 도롱이를 걸치고 삿갓을 쓰고 낚싯대를 끌었던 노인은 골짜기에서 나오는 사냥꾼을 잘못 본 것이었다. 물고기는 꿩이고 낚싯대는 지팡이였다. 청둥오리는 오리가 아니라 검은 갈가마귀이고, 어망은 들에 사는 백성이 종횡으로 짜 놓은 울타리였다. 나그네가 빙그레 웃었던 건 나의 의혹을 비웃은 것이었다.

곤주昆珠의 객사에서 쓴다. _ 「칠십 리에 덮인 눈에 대한 기」
(七十里雪記), 「영처문고」 1, 「청장관전서」 3권

5-2.
'팔 할'의 선을 향해

주인의 방은 한 칸으로 답답하고 습하여 손님이 자주 오지 않는다. 혹 오더라도 이야기만 나누고 얼마 지나지 않아 인사하고 가버린다. 뜻이 맞아 서로 흡족한 사람이 아니면 다시 방문하지 않는다. 방의 누추함이 이 정도지만 주인의 성품은 질박하고 검소하여 이를 걱정하지 않았다. 낮이면 꼿꼿이 앉아 있고 밤이면 편안히 잠들었다. 스스로 만족하여 화려한 궁궐같이 여겼다.

한겨울 추울 때면 모진 바람이 문틈으로 들어왔다. 등잔불이 흔들려 글자를 보는 데 방해가 되었다. 이에 흰 병풍으로 십 분의 칠을 둘러막았는데 삼 분은 병풍 밖이 되고 칠 분은 안이 되었다. 안은 저절로 침실이 되고, 사용하는 기구나 서책은 그 밖에 쌓아 두

었다. 주인은 낮고 좁다고 불평하지 않았다. 오히려
문을 닫은 채 옛사람들의 글 읽기를 그치지 않았다.
손님이 문으로 들어와 손을 들어 인사를 하려고 하자
병풍이 거의 이마에 닿을 듯했다. 손님이 눈을 부릅
뜨고 주인을 조롱하며 말했다.

"좁기도 하구나. 이 사람아! 지난번에 방을 넓히라고
말했건만, 지금 보니 넓힌 게 아니라 오히려 둘러막
았군. 그대가 개울가에 거주할 때 집 이름을 매미허
물과 귤껍질이라는 뜻의 '선각귤피'蟬殼橘皮라 하여 작
음을 드러내더니, 이 방은 무엇이라 이름 하였는가?"
주인이 웃으면서 말했다.

"'팔분당'八分之堂이라고 하였네."

손님이 물었다.

"팔분당이라는 이름은 어디서 가져왔는가?"

주인이 말했다.

"내 잠시 기다릴 터이니, 그대 스스로 찾아보게."

손님은 얼마 동안 말없이 있다가 동쪽을 돌아보더니
웃으며 말했다.

"그 이름은 이 벽에서 왔군. 벽에 걸린 글씨가 십 분
의 이는 전서체篆書體로 쓰이고, 십 분의 팔은 해서체
楷書體로 쓰였으니, 팔분체라 할 수 있네. 팔분당이라
는 이름은 여기서 왔는가?"

주인이 말했다.

"아니 그렇지 않네. 거기 어디에 집이 작다는 뜻이 있는가? 다시 찾아보게."

손님은 머뭇거리다가 겨우 말했다.

"병풍 밖에 남은 공간이 몇 자나 되는가? 만약 '십 분의 이'라면 집의 이름은 그것에 있네."

주인이 크게 웃으며 말했다.

"병풍 밖은 십 분의 삼인데 어찌하여 집의 이름을 칠분당이라 하지 않고 팔분당이라 했겠는가?"

손님이 말했다.

"그렇다면 그 이름은 어디에서 왔는가?"

주인은 한숨을 쉬면서 말했다.

"내가 못나기는 했지만 집의 크고 작음을 가지고 이름을 삼지는 않네. 만약 큰 것을 사모했다면 마땅히 그 이름을 '태산의 집'[泰山之室]이라 했을 것이며, 만약 작은 것을 위로하려 했다면 그 이름을 '추호의 집'[秋毫之室]이라 했을 것이네. 크기로 이름을 삼는 것은 거짓되고 괴벽한 것이라 군자가 취할 것이 못되네. 또한 '매미허물과 귤껍질'은 그 고상하고 깨끗함과 꽃다운 향기를 사랑한 것이지 작은 것을 위로하려는 뜻이 아니었다네.

무릇 수數가 차면 십이 되고 백이 되고 천, 만, 억, 만

억이 되는데, 이는 모두 십이라는 수에서 벗어나지 못한다네. 사람이 처음 태어날 때 하늘이 인, 의, 예, 지의 본성을 부여하였네. 그러기에 십 분의 선善한 본성을 갖추지 않은 사람이 없지. 그러나 장성하여 어른이 되면 기질에 구애받고 외물外物에 빠진다네. 그리하여 본성을 잃게 되고 악惡의 세력이 빠르게 자라 거의 팔구 분에까지 이르러 십 분까지 거리가 얼마 남지 아니한다네.

왕망王莽: 한 평제(漢平帝)를 시해(弑害)하고 왕위를 찬탈함이나 양광楊廣: 부왕인 문제(文帝)를 시해하고 왕이 된 수 양제(隋煬帝) 같이 근본적으로 흉악한 자들과 소인배 중에 꺼리는 것 없이 함부로 행동하는 자들은 악이 십 분까지 꽉 찬 자이지. 그러나 저들도 처음에야 어찌 십 분의 선이 없었겠는가. 다만 날이 갈수록 악을 행함으로써 날로 그 선을 잃은 것일세. 이러하니 어찌 크게 두려워하지 않을 수 있겠는가? 보통사람은 선과 악을 오 분씩 갖고 있는 자도 있고, 선과 악을 사 분과 육 분으로 갖고 있는 자도 있네. 그러니 칠 분과 팔 분의 선이 십 분에 이르는 것은 얼마나 진보하느냐에 달려 있네.

주자朱子가 이르기를 '안회는 성인에 가까우니 구 분 구 리에 근접하였다' 하였고, 소강절邵康節이 이르기를 '사마광司馬光은 구 분의 사람이다' 하였네. 이는 모

두 아성亞聖이나 대군자大君子에 대해 기록한 말이라
네. 아성이나 대군자도 오히려 일 리나 일 분이 모자
랐으니 선이 십 분에 이르는 것은 참으로 어려운 일
이네. 그러나 십 분에 도달하는 데에 일 리 일 분이 모
자랄 뿐이라면 보통사람과는 비교하기 어려운 경지
라 할 수 있지.

나는 어쩌면 선과 악을 오 분씩 갖고 있는 사람일 것
이네. 만약 소인됨을 부끄러워하여 죽을 때까지 선을
행한다면, 다행히 육 분이나 칠 분에 도달하기를 바
랄 수 있을지도 모르지. 그러나 팔 분은 구 분과의 거
리가 다만 일 분이지만 못난 내가 어찌 감히 바라겠
는가.

오 분의 선만을 가진 내가 구 분에 이르는 것은 분수
에 넘치니 어찌 하겠는가? 그렇다고 육 분이나 칠 분
을 바라는 것에 그친다면 뜻을 너무 낮은 데 두는 것
이니 어찌하겠는가? 맹자는 "나는 어떤 사람이며 순
임금은 어떤 사람인가?"라고 말하며 성인이 되기를
바랐으나, 나는 그 경지를 감히 바라지 못한다네.

주돈이周敦頤가 이르기를 '성인은 하늘을 바라고 현인
은 성인을 바라고 선비는 현인을 바란다'고 하였지.
나와 같은 사람도, 현인을 바라는 그런 선비일 수 있
다면, 우러러 그것을 사모하고 발돋움하여 거기에 이

르고자 하네. 그 경지는 높지도 않고 낮지도 않고, 기쁘게 받아들여 힘써 노력할 수 있는, 칠 분과 구 분의 사이이니 바로 팔 분이 아니고 무엇이겠는가?

이러니 내가 어느 겨를에 답답하고 습기 차며 낮고 좁은 것을 근심하여 거처를 넓힐 수 있겠는가. 그대는 나의 방을 협소하다 하지 말고 나의 뜻을 알아주면 고맙겠네."

손님이 말했다.

"이제야 그대의 뜻을 알았네. 내가 그대에 대해 추측한 것이 천박하였네."

손님이 돌아가자 마침내 이를 기록하여 옛 상자에 보관해 두었다. 때는 경진년1760년 삼짇날[上巳]이었다. _

「팔분당기」(八分堂記), 「영처문고」 1, 『청장관전서』 3권

5-3.
천천히 차례대로 나아가기

영숙永叔 : 이덕무의 친구, 백동수의 자(字)이 현판에 '점'漸이라
고 쓰고 나에게 기문을 청하였다. 내가 물었다. "집
이름을 '점'이라고 한 것은 그대가 좋아서 스스로 취
한 것인가, 선생이나 어른이 그렇게 부르라고 명한
것인가?"

영숙의 호는 뜻이 깊구나! 중후하고 너그럽고 느긋
한 사람이 아니면 족히 감당할 수 없다. 괘서卦序 : 『주
역』 「계사」의 '서괘전'(序卦傳)에 이르기를, "간艮 괘 : 64괘 중 52번
째인 중산간重山艮 괘는 그치는 것[止]이니 사물은 끝내 그
칠 수만은 없다. 그러므로 점漸 : 간艮 괘 다음에 오는 풍산점風
山漸 괘으로 그것을 받았다"라고 하였다. 또 이르기를,
"천천히 나아가는 것이 '점'이니 나아가기를 순서대
로 하여 차례를 넘지 아니하는 것이 완緩이다"라고

하였다.

나는 천하의 만물과 만사는 모두 처음과 끝이 있고 근본과 말단이 있어 이것을 벗어나고서는 성취될 수 없다고 생각한다.

나는 두 손을 마주잡고 용모를 단정히 하고 천천히 걸어서 문에 들어선다. 그리고 뜰을 거쳐 계단을 밟아 당堂에 오른다. 그런 뒤에 자리를 정하여 엄숙한 태도로 단정히 앉는다. 그러고 나서 편안하게 말하면 그 말은 반드시 조리가 있다. 이것이 날마다 행하는 시작과 끝이요, 근본과 말단이다. 황급하거나 촉박한 뜻이 없어, 천천히 나아가 차례를 어기지 않으면 여기에서 남다른 것을 볼 수 있다.

갓이나 띠가 흐트러지거나 풀어지고, 걸음이 종종거리고 가볍고 빠르다면 어떻게 되겠는가. 엎어지고 쓰러지며 넘어질 염려가 있을 뿐만 아니라, 반드시 때에 맞지 않게 웃거나 헤아리지 않고 말하게 된다. 그러면 '점'의 뜻이 이로 인해 없어지고 말 것이니, 크게 두려워하지 않을 수 있겠는가.

세상에 그 마음을 바르게 하지 않고 몸이 닦이고 집이 다스려지기를 바라는 사람은 없다. 소학小學으로부터 대학大學에 나아가는 것도 또한 여기에서 비롯된 것이다. 소학에서 대학으로 나아가는 차례만 그러한 것이 아니다. 실로 옛 성현이 사람을 이끌고 후학을 가르친 천 마디 만 마디의 말도 그 마음 씀을 탐구해 보면, 여기에서 벗어나지 않는다.

아, 영숙은 뜻이 있는 자이다. 이미 '점'이라 이름하고 나에게 그 뜻을 밝혀 주기를 청하니, 그 뜻을 세움이 어찌 얕고 졸렬한 것이겠는가? 만일 나를 망령되다고 여기지 않는다면 어찌 일상의 세세한 일을 가지고 시험해 보지 않는가? 손을 모으고 용모를 단정히 하고 천천히 걸어서 문에 들어가 당에 오르고 편안하게 말하기를 예법대로 하라. 그것을 오래도록 실행하면 반드시 얻는 것이 있을 것이다. 그대는 필히 말할 것이다.

"명숙明叔 : 이덕무의 자(字)은 거짓말하는 사람이 아니다. 내가 그것을 시험해 보니 이와 같구나."

나도 또한 따라서 기뻐하며 말할 것이다.

"영숙은 그것에 힘써 그 말단과 끝을 이루어 다오."

만일 이에 따르지 않는다면 정색하고 경계하여 말할 것이다.

"영숙은 어찌하여 그리 얕은가? '점'의 뜻이 어디에 있는가? 소학과 대학의 차례에 대한 말이 빗자루로 쓴 듯 사라졌구나."

그대는 몸을 바로 하고 두려워하며 마음을 돌이켜 고

치겠는가, 고치지 않겠는가? 나는 그대가 고치는가 안 고치는가에 따라서 내 말이 망령된 것인지 아닌지를 결정하리라. 신사년1761년 6월 6일에 기록한다. _「점재기」(漸齋記),「영처문고」1,『청장관전서』3권

5-4.
옥 표주박과 군자의 덕

박을 반으로 쪼갠 것이 표주박이니 가장 검소한 그릇이지만 물을 담기에는 좋다. 가난한 사람도 쉽게 구하여 쓸 수 있으니 허유許由나 안연顔淵을 보면 알 수 있다. 그런데 후세에 옹이진 녹나무나 등나무를 파서 쇠가죽을 두르고 붉게 옻칠하여, 쪼갠 박 모양을 만들어서는 억지로 표주박이라 이름 붙였다. 이것이 어찌 표주박이겠는가. 그러나 시속에서는 모두 이것을 표주박이라고 부를 뿐 다른 이름이 없다.

치이鴟夷 : 말가죽으로 만든 술 주머니, 편제偏提 : 술병, 군지軍持 : 물병, 박만撲滿 : 돈을 넣어두는 작은 항아리 따위도 노인이나 아이나 모두 표주박이라 하고, 현명한 사람이건 어리석은 사람이건 또한 표주박이라 부른다. 그리하여 진짜 표주박만을 표주박이라 부를 수 없게 되었다. 그렇다면 돌을 파서 만들든 쇳물을 부어서 만들든 흙으로 구워서 만들든 풀로 짜서 만들든, 쪼갠 박 모양을 하고 있는 것이라면 표주박 아닌 것이 있겠는가? 천산 天山의 여좌백呂佐伯은 뜻이 고결하고 집안이 가난하여 집에 불필요한 물건이라고는 없었다. 다만 예로부터 소장해 온 옥玉으로 만든 표주박 한 개가 있었다. 빛깔은 물빛처럼 푸르고 앞부분이 약간 뾰족하여 복숭아씨 같았다. 손가락으로 퉁기면 소리가 맑게 울려 고요히 멀리 퍼져 나갔다. 그 소리는 사람으로 하여금 마음의 더러운 찌꺼기를 씻어 버리게 하였다. 그러니 좌백이 이것을 사랑하여 소장하는 것도 당연하다. 그 크기는 물 반 되쯤을 담을 수 있다. 좌백이 맑은 샘물을 떠서 날마다 이것으로 이도 닦고 목도 축이니, 생각건대 좌백은 군자가 아닌가 한다. 옥은 오직 군자만이 사랑하는 것이고, 표주박은 가난한 군자만이 마음 편히 사용하는 그릇이다. 좌백은 가난하면서 옥 표주박을 소장하고 있으니 그가 군자임을 의심할 수 없을 것이다.

일찍이 좌백이 말했다.

"내가 고금古今의 사람을 보건대 현명한 사람이건 어리석은 사람이건 모두 집의 이름을 가지고 있더군. 그런데 과장하여 높이거나 겸손하여 억제하는 이름들이 어지럽게 성행할 뿐 중용을 얻은 것이 없었네. 나는 어리석어 잘하는 것이 없으니 당연히 집의 이름을 가질 수 없다네. 설령 집의 이름을 갖고자 하여도 과장하여 높이자니 나의 천성이 즐거워하지 않고, 겸손하여 억제하려니 겸손할 만한 재주나 덕도 없다오. 바라건대 내가 물을 떠 마시는 그릇을 이름 삼아 옥표재玉瓢齋라 할까 하니 그대는 나에게 조언해 주오."

나는 이에 그의 뜻을 훌륭히 여겨 권면하며 말했다.

"선비가 이 세상에 살면서 가난을 부끄러워할 일이 없네. 허유나 안연은 옛 군자 중에서 가장 이름이 있고 또 가난하기가 극심한 자였지. 표주박으로 물을 마셔 허물이 없고 속세에서 은둔하여 도道를 즐거워하였네. 그래도 사람들은 지금에 이르기까지 그들의 맑은 기풍을 생각하며 존경하고 사모한다네. 재화財貨와 명리名利만을 탐하여 부자가 되고도 부끄러움이 없는 자들도 있고, 궁핍한 것을 수치로 여겨 의리를 지키지 못하는 자들도 있지. 이들을 보면 그 경중輕重과 고하高下가 어떠한가? 어찌 옥의 매끄럽고 단단한 것을 살펴 스스로 갈고 닦지 않는가?

사람들은 '옥으로 만든 표주박은 화려하고 사치스러워 가난한 자가 가질 수 없는 물건'이라고 한다. 이는 분수에 넘치는 물건을 가지면 안 된다는 사실만 알 뿐, 군자가 자신의 덕에 비견될 만한 표주박을 지닐 수 있음을 알지 못하는 것이다. 만약 표주박에 금이나 구슬을 박았다거나 봉황이나 난새[鸞鳥] : 중국 전설에 나오는 상상의 새 따위를 새겼다면, 가난한 자가 지닐 것이 아니며 군자가 취할 바가 아니다. 그러나 이 옥 표주박은 허유나 안연도 물리치지 않고 물을 떠서 마셨을 것이다. 그러니 진짜 표주박이라 할 수 있다.

좌백은 이것을 의심하지 말고 더욱 힘써 나아가, 가난 때문에 지켜야 할 바를 잃는 일이 없도록 하라."

경진년1760년 3월 3일에 완산후인完山後人은 쓴다._「옥표재기」(玉瓢齋記), 「영처문고」1, 『청장관전서』 3권

웃음은 입에서 나온다.

그러나 눈썹으로 웃기도 하고

광대뼈로 웃기도 하고 수염으로 웃기도 한다.

그 사람을 그릴 때

반드시 웃는 모습을 그려야 하는 것은 아니다.

그러나 웃는 모습을 그렸다면,

필히 눈썹으로 웃는지 광대뼈로 웃는지

수염으로 웃는지를 알아야 한다.

그런 후에야 초상화를 잘 그렸다 할 것이다.

이희경이 아버지 이소를 그린 초상화를 보았다.

묵묵히 계셨지만 말씀하시는 듯하고,

그 눈길은 기뻐하는 듯했다.

그 웃음으로 미루어 보면

그 마음을 짐작할 수 있다.

나는 알았다.

그가 산수에서 술을 마시고 시를 지을 적에,

세상에 매이지 않고

멀리서 노닐려는 뜻이 있었음을.

낭송Q시리즈 북현무
낭송 18세기 소품문

박제가 편

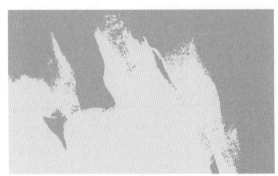

박제가 편

1부
청을 배우자! 조선을 바꾸자!

1-1.
넉넉하게 한 다음 가르쳐라

나는 어린 시절, 최고운최치원·조중봉조헌 선생의 사람
됨을 사모하였다. 살고 있는 시대가 다름을 한탄하
며, 그분들이 타는 말의 채찍이라도 잡고 싶은 심정
이었다.

고운 선생은 당나라에 유학하여 진사가 되었다. 선생
은 본국으로 돌아와 어떻게 해야 신라의 풍속을 개혁
하여 중국의 수준으로 나아갈 수 있을지를 생각하였
다. 그러나 때를 만나지 못해 가야산에 은거하였다.
그가 어떻게 생을 마쳤는지는 알지 못한다.

중봉 선생은 질정관質正官의 자격으로 연경에 다녀와
임금님께 『동환봉사』東還封事를 올렸다. 이 상소문에
는 중국의 문화를 받아들여 조선의 현실을 바꾸고자
하는 선생의 간절한 마음이 담겨 있다.

천 년 동안 압록강 동쪽 한 귀퉁이에서 곤궁하게 살아온 우리나라를 개혁하여 중국의 수준에 이르게 하고자 한 사람은 오로지 이 두 분뿐이었다.

금년 여름 나는 청장관 이덕무와 함께 진주사陳奏使를 따라 중국에 다녀왔다. 연경과 계주 사이의 드넓은 벌판을 실컷 돌아보았다. 오吳와 촉蜀 지방의 선비들과도 교유했다. 수개월 간 그곳에 머물며 새로운 사실을 많이 알게 되었다. 중국의 옛 풍속이 그대로 있는 걸 보고, 옛사람이 나를 속이지 않았음에 감탄했다. 그들의 풍속 가운데 우리나라에서 시행하여 편리하게 쓸 만한 것은 빠짐없이 기록했다. 또한 그것의 이익과 폐단까지 덧붙여서 설명했다. 책 이름을 『맹자』에 나오는 진량陳良 : 중국 남쪽 초나라 지식인. 중국 북쪽에 사는 공자의 도를 흠모해 그곳에 가서 공부하였기에 '북학'했다고 일컬음의 말에서 취해 '북학의'北學議라고 했다.

그 중에서 세세한 것은 소홀히 하기 쉽고, 번잡한 것은 시행하기 어려울 것이다. 선왕先王들은 백성을 위해 가가호호 다니며 가르친 것이 아니라 일용에 필요한 것을 먼저 만들어 냈다. 절구를 한 번 만들어 내자 온 천하에 낟알의 껍질이 사라졌고, 신발을 한 번 만들어 내자 온 천하에 맨발이 사라졌다. 또 배와 수레를 한 번 만들어 내자 천하의 물건이 험준한 곳에까지 이르러 유통되지 못하는 곳이 없게 되었다. 그 방법이 얼마나 간소하고 쉬운가.

이용利用과 후생厚生은 둘 중 하나라도 갖추어지지 않으면 위로 정덕正德을 해친다. 공자께서는 "백성을 넉넉하게 한 다음 그들을 가르치라" 하셨다. 관중 또한 "먹고 입는 것이 풍족해져야 예절을 안다"라고 했다. 지금 백성들의 생활은 날로 곤궁해지고, 나라 살림은 날로 궁핍해지고 있다. 어찌하여 사대부들은 팔짱만 낀 채 백성들을 구하지 않는가? 과거의 관습에 안주하여 모른 척할 것인가?

주자께서 말씀하셨다. "이와 같이 하는 게 병이라면, 이와 같이 하지 않는 게 약이 될 것이다." 병을 알게 된다면 약은 저절로 따라오게 된다. 그러므로 나는 폐단의 근원을 밝히는 데 마음을 다했다. 책에 말한 것을 지금 시행하지는 못하더라도 나의 이 마음을 후세 사람들이 비방하지는 않으리라. 고운과 중봉의 뜻 역시 이러했을 것이다. _「자서」(自序), 『북학의』

1-2.
벽돌의 장점

이른바 성곽이란 방어하여 지키는 시설인가? 적이
쳐들어오면 버리고 도망가는 시설인가? 후자라면 모
르겠지만 아니라면 우리나라에는 성곽이 하나도 없
다. 어째서인가? 벽돌을 사용하지 않았기 때문이다.
어떤 이는 말할 것이다. '벽돌이 견고하다지만 돌보
다는 못하다'고.

나는 그렇게 생각하지 않는다. 돌 하나를 놓고 보면
벽돌 하나보다 견고하다. 그러나 쌓아 놓은 돌의 견
고함은 쌓아 놓은 벽돌의 견고함에 미치지 못한다.
돌은 잘 붙지 않지만, 만 장의 벽돌은 회灰반죽으로
바르기만 하면 하나로 합쳐지기 때문이다.

또한 돌은 늘 사람이 깨고 다듬어야 하기 때문에 얼
마나 많은 인력이 드는가? 그러나 벽돌은 어렵잖게

만들어도 네모반듯하지 않은 것이 없다. 또 돌은 크기가 일정하지 않아 하루 일을 배당할 때 노동량을 균일하게 하기가 어렵다. 그러나 벽돌은 크기가 일정하여 노동량을 정확히 예측할 수 있다. 그래서 열심히 하는지 게으름을 부리는지 바로 알 수 있다.

지금 성에 무거운 돌 하나를 쌓아 놓으면 겉으로는 한껏 웅장해 보이지만, 안으로는 틀어져 돌 하나가 빠져 버리면 무너지는 걸 막을 수가 없다. 조금 높으면 무너지기가 더욱 쉽다. 성이 무너지려 하면 곡식을 담아 놓은 자루처럼 배가 점차 불러진다. 성에 쌓은 담이 자주 무너지는 것은 횟가루로 붙인 부분이 돌과 잘 붙지 않았기 때문이다. _「성」(城) 『북학의』

1-3.
수레를 쓰자

수레는 하늘의 둥근 모양을 본 떠 만들어 땅 위를 운행한다. 만물을 실어 나를 수 있으니 그 이로움이 막대하다. 그러나 우리나라만이 유독 수레를 운행하지 않는다. 어째서인가? 사람들은 흔히 산천이 험준하기 때문이라고 말한다.

그렇다면 통행이 가능한 지역만이라도 운행을 하자. 길에 맞는 수레를 사용하고 마을에 맞는 수레를 쓰면 될 것이다. 만약 고개 때문에 꺼린다면, 고개를 넘는 데에 맞는 다른 수레를 쓰면 된다. 수레 한 대로 천 리 만 리를 가는 경우는 중국에서도 드물다. 하물며 우리나라는 중국 촉지방의 잔도栈道 : 절벽과 절벽 사이에 높이 걸쳐 놓은 다리와 같이 험준한 곳은 없지 않은가?

수레가 다니면 길은 저절로 만들어진다. 아주 깊은

골짜기라면 살고 있는 사람이 적어서 바깥에서 수레가 들어오는 일은 드물 것이다. 그러니 고을 안에서 운행하는 농사용 수레만을 사용해도 가능하다.

우리나라는 동서가 천 리, 남북이 삼천 리이고 서울이 그 가운데 위치하여, 사방의 물품과 재화가 서울로 모인다. 각지로부터 서울까지의 거리가 횡으로는 불과 오백 리이고 종으로는 천 리밖에 안 된다. 또 삼면이 바다로 둘러싸여 바다와 가까운 지역에서는 배를 이용한다. 그러니 육지에서는 멀어도 오륙 일이면 목적지에 도착하고, 가까운 곳에서는 이삼 일이면 이쪽 끝에서 저쪽 끝에 이를 수 있다. 걸음이 빠른 사람이라면 편안하게 돌아다니면서도 수일 내로 사방 물가의 높고 낮음을 조절할 수 있을 것이다.

그러나 지금 산골에 사는 사람은 아그배^{배처럼 생긴 야생 과일}를 담가 식초를 만들고, 이것을 소금이나 간장 대용으로 사용하며, 새우젓과 조개젓을 보고는 이상한 물건이라 여긴다. 그 곤궁함이 이와 같은 것은 어째서인가? 단연코 말한다. 수레가 없기 때문이다.

지금 처자식을 거느린 전주의 상인이 있다고 치자. 생강과 빗을 팔러 의주까지 걸어가면, 다섯 곱절이 넘는 이익을 낼 수 있다. 하지만 길거리에서 근력을 소비할 뿐만 아니라, 집에서 즐거움을 누릴 기회가 없다. 또 원산의 상인이 미역과 명태를 말에 싣고 서울에 와서 판다고 하자. 사흘 만에 팔고 가면 조금 남고, 닷새면 본전이고, 열흘을 머무르면 크게 손해를 본다. 돌아가는 말에 물건을 실어도 말이 머무는 동안 비용이 많이 들어서 남는 게 별로 없다.

영동 지방에서는 꿀이 나지만 소금이 없고, 관서지방에서는 철이 생산되지만 감귤이 없으며, 함경도에서는 삼베가 잘되지만 면화가 귀하다. 산골에서는 팥이 흔하고 바닷가에서는 창란젓을 질리게 먹는다. 영남의 절에서는 품질 좋은 종이가 나고, 청산 보은에는 대추가 넉넉하고, 강화도에서는 감이 많이 난다. 백성들은 남아도는 생산물을 서로 바꾸어 풍족하게 쓰고자 하는 마음이 있지만 힘이 미치지 않는다. _「수레」(車), 『북학의』

1-4.
통념의 막을 제거하라

요즘 사람들은 아교로 붙이고 옻칠을 한, 통념의 막을 덧붙이고 있어서 환한 경지를 얻을 수가 없다. 학문에는 학문의 막을 덧붙이고, 문장에는 문장의 막을 덧붙인다. 큰 것은 말할 것도 없고 수레에 대해서 말할지라도, 우리나라는 산천이 험해서 사용할 수 없다고 잘라 말한다. 산해관山海關의 편액도 진나라 때 이사李斯가 쓴 글씨라 우기며 십 리 밖에서도 능히 볼 수 있다고 과장한다. 서양 사람들은 인물을 그릴 때 눈동자의 검은 부분을 줄내서 점을 찍기 때문에 얼핏 보면 살아 있는 것 같다고 호들갑을 떤다. 오랑캐의 변발은 부모가 살아 계시는지 돌아가셨는지에 따라 하나 혹은 둘로 땋으니, 이것은 옛날의 모발 제도와 같다고 주장한다. 황제가 성씨를 내려주며, 서책을 인쇄할 때는 흙판을 쓴다고 흡사 본 것처럼 허풍을 떤다.

이 같은 말들은 낱낱이 다 들춰 낼 수도 없다. 비록 나와 친하고 나를 믿는 사람도 이 문제에서는 나를 믿지 않고 저들을 믿는다. 나를 알고 나를 받들며 나를 따르던 사람들조차도 마찬가지이다. 바람결에 떠도는 가당치도 않은 말 한 마디를 들으면, 갑자기 나의 평생을 크게 의심하며 나를 비방하는 사람의 말을 믿는다. 나는 그가 왜 나를 믿지 않고 저들을 믿는지 그 이유를 안다. 요즘 사람들은 바로 '오랑캐'라는 한 글자로 중국을 무시하려 들기 때문이다. 내가 '중국의 풍속이 이처럼 좋다'고 말하면, 그가 듣고자 하던 바와 크게 달라서 싫어하는 것이다.

내가 그것을 증명해 보겠다. 시험 삼아 사람들에게 이렇게 말한다. "중국의 학자 중에는 퇴계 이황과 같은 이가 있고, 문장에는 최립崔岦과 같은 이가 있으며, 명필로는 한석봉보다 나은 자가 있다." 그러면 반드시 발끈하고 화를 내며 낯빛이 변하면서 곧바로 "어찌 그럴 리가 있겠소?"라며 따진다. 심한 자는 그 말을 한 사람에게 죄를 물으려고까지 한다.

시험 삼아 이번에는 이렇게 말한다. "만주 사람의 말소리는 개가 짖는 것 같고, 음식은 냄새가 나서 가까이할 수가 없다. 뱀을 시루에 쪄서 씹어 먹고 황제의 누이가 역졸과 음탕한 짓을 한 뒤 종종 죽이는 일까지 있다." 사람들은 이 말을 들으면 크게 기뻐하면서 그 말을 전하느라 바쁘다.

내가 사람들에게 힘써 변론한 적이 있다. "내가 직접 눈으로 확인하고 왔는데, 그런 일은 전혀 없었네." 그 사람은 미심쩍어 하면서 말했다. "아무개 역관이 그렇게 말했네." 내가 말했다. "그대는 나보다 그 역관과 더 친한가?" 그가 말했다. "친하지는 않지만 속일 사람은 아닐세." 내가 말했다. "그렇다면 내가 거짓말을 했군." 그래서 어진 자라야 인仁을 알아보고, 지혜로운 자라야 지智를 알아본다고 하지 않는가?

내가 사람들과 자주 논쟁하자, 나를 비방하는 자가 많았다. 그리하여 이 일을 써서 스스로 경계로 삼는다. _「만필」(漫筆), 『정유각문집』 5권

1-5.
길흉화복과 묏자리는 관련이 없다

우리나라는 정자程子와 주자朱子의 학문을 숭상하며,
승려와 사찰은 있어도 도관道觀 : 도교의 사원은 없으니,
이단이 없는 밝은 나라다. 그러나 풍수설을 부처나
노자보다 더 심하게 믿어, 사대부들이 그쪽으로 휩쓸
려 하나의 풍속을 이루었다. 효도를 한답시고 산소를
옮기고 꾸미는 걸 일삼으니, 평민들도 이를 본받아
따라한다. 그리하여 나침반을 찬 지관地官 : 집터나 묏자리
의 좋고 나쁨을 가려내는 사람은 천 리를 갈 때 식량을 가져가
지 않아도 배불리 먹을 수 있다.

이미 백골이 된 부모를 들춰내어 자신의 복락과 재앙
을 점치니, 그 마음이 어질지 못하다. 남의 산을 빼앗
아 초상 치르는 일을 방해하는 것은 의로운 일이 아
니다. 묘제墓祭 : 무덤 앞에서 지내는 제사를 시제時祭 : 일 년에 네

번 철마다 지내는 제사보다 성대하게 지내는 것은 예의가 아니다. 그렇지만 가산을 탕진하고 해골을 드러내면 서까지 도리에 어긋나는 일을 하는 이가 한둘이 아니다. 백성들로 하여금 편안히 생업을 하지 못하도록 하고 송사가 빈번하게 일어나도록 하니, 이는 지관의 큰 죄악이다.

산소를 옮길 때, 물이 드나들고 곡식 껍질이 보이며 관이 뒤집어지고 시체가 사라지는 현상을 보게 된다. 이것을 보고 지관이 영험하다고 여기지 않는 사람이 없다. 그러나 이런 현상은 땅 속에서 일상적으로 일어나는 일이며 길흉화복과는 관련이 없다. 깜깜한 땅속에서도 기운이 돌고 돌아 끊임없이 변화하고 있으니, 어찌 일어나지 못할 일이 있겠는가.

지금 권력과 부귀를 누리는 집안에서도 조상의 묘를 파헤쳐 본다면 위에서 말한 몇 가지 흉한 일이 반드시 있을 것이다. 어째서 이런 추측이 가능한가? 가난하고 후손마저 없는 집안인데도 그 무덤을 들추어 보면, 길하다는 기운이 서려 있는 경우도 있기 때문이다. 명당에 산소를 쓰면 후손이 복락을 누리고, 그러지 못하면 불행해진다는 게 사실이라면 어째서 이런 일들이 일어난단 말인가?

운명을 말하는 자는 천하의 모든 일을 운명 탓으로

돌리고, 관상을 말하는 자는 천하의 모든 일을 관상 탓으로 돌린다. 무당은 모든 걸 귀신 탓으로 돌리고, 지관은 모든 걸 산소 탓으로 돌린다. 잡술雜術은 다 이러하니, 과연 무엇을 따라야 할까. 그릇된 도는 믿을 게 못 된다는 것을 이로써 알 수 있다.

그러므로 분별력이 있는 자가 권력을 잡아, 풍수설과 관련된 서적을 불태우고 풍수가들의 활동을 금지하여 잘못된 풍속을 바로잡아야 한다. 그리하여 백성들로 하여금 길흉화복이 묫자리와는 관계가 없음을 똑똑히 알도록 해야 한다. _「장지론」(葬論), 『북학의』

1-6.
녹봉의 많고 적음이 무슨 상관이랴

요즘에는 지방 관리의 높고 낮음을 녹봉 수입에 따라서 평가한다. 고을 수령만이 녹봉에 따라 기뻐하고 슬퍼하는 게 아니다. 이조 전랑에서 관리를 파견할 때도 그 사이에 우열을 둔다. 그러나 외직外職:지방 관아의 벼슬이라는 점도 같고, 품계도 같고, 백성을 다스리는 것도 같고, 사직社稷을 지킨다는 점에서도 같다. 그러니 굳이 녹봉으로 높고 낮음을 구별하는 것이 어찌 조정의 근심을 나누어 함께 다스린다는 뜻에 맞는 일인가?

일찍이 관리들이 모여 있는 것을 본 적이 있다. 관아의 관리들이 모이자 주고받는 말들이 끝없이 이어졌다. 그들이 한결같이 하는 말은, 월초에 지급받는 촛불과 햇불의 수, 곡식과 금전의 총량, 그리고 장과 젓

갈, 생선과 채소, 기름과 땔나무, 먹고 남은 곡식의 양 등에 관한 것이었다. 아, 사람들이 자신의 재능을 명물名物 : 사물의 명칭과 도수度數 : 측정과 산수 같은 실용적인 학문에 발휘한다면 자문諮問을 구할 때를 대비할 수 있을 것이다. 또한 실용적 학문에서 도덕과 문장의 영역으로 옮겨 간다면 태평한 시대를 부흥시킬 수 있을 것이다.

청장관青莊館 이덕무는 검서관에 있으면서 적성積城 현감으로 발탁되었다. 내직과 외직을 육 년 동안이나 드나들면서도 벼슬자리가 좋다, 나쁘다 말하는 것을 본 적이 없다. 다만 책 만들기를 좋아하여 가는 곳마다 한 질을 이루었다. 그 지역의 고적과 명승지, 풍속과 특산물, 관리들의 치적이나 백성들의 고통스런 생활 등 어느 것을 물어도 메아리처럼 흘러나왔다. 그러니 이 사람이야말로 어찌 실용적인 것에 재능을 발휘하고 학문에 뜻을 옮긴 사람이 아니겠는가!

내가 듣기에 적성 고을은 땅이 불과 오십 리에 가구 수도 겨우 천 삼백이라고 한다. 그런데 사대부가 많아서 묏자리 다툼이나 세금 징수, 벌목에 관한 송사가 자주 일어난다. 또 관아의 건물은 기울고 허물어져서 기둥으로 간신히 버티어 놓았다. 고을 문에 북과 나팔을 비치하지 못해 입으로 나팔을 불고 발로 뛰어다니며 한 사람이 두 가지 일을 겸한다. 그래서 형편없는 고을을 꼽을 때면 적성이 반드시 한자리를 차지한다.

사정이 그러하지만 이덕무가 책을 쓰는 재주로 정사를 펼친다면 백성과 사직에 대한 책무에 부끄러움이 없을 것이다. 그리고 녹봉을 묻지 않는 마음으로 벼슬살이를 한다면 고을의 크고 작음이야 무슨 상관이 있겠는가! 만약 여가를 틈타 감악산紺岳山 절에 오르고, 임진강 상류에 배를 띄우며, 칠중성七重城 옛터를 찾는다면, 그 흥을 읊조리고 노래하는 사이에 작품이 될 만한 것이 있어 책으로 드러날 터이다. 내가 장차 손을 씻고 그것을 낭송할 것이다. _「적성 현감으로 나가는 이 덕무를 전송하며」(送李懋官宰積城縣序), 『정유각문집』 2권

1-7.
참된 인재를 얻고자 한다면

사대부의 나라에서는 문장으로 인재를 뽑는다. 녹봉이 과거에 달려 있고, 공명이 과거에서 나온다. 이 세상에 태어난 사람은 과거에 응시하지 않고서는 뜻을 펴 볼 기회조차 없다. 그러나 큰 뜻을 품은 선비는 과거 시험장에 들어가지 않을 뿐만 아니라, 과거제를 우습게 여겨 이를 언급하지도 않는다. 왜 그런가?

그 사람은 마음속으로, 오늘의 과거 문장은 옛날의 문장이 아니고, 오늘의 과거 제도는 옛날에 인재를 뽑던 방법이 아니라고 생각한다. 그리하여 자신이 좋아하는 것이 지금 시대와 맞지 않고, 배운 것이 자기에게 이롭지 않다고 여긴다. 차라리 가난한 생활을 즐겨 처사處士로 머물지언정 소신을 버리고 과거를 보는 짓은 하지 않는다.

오늘날 조정에서는 문벌을 보고 인재를 기용한다. 문벌 집안이 아닌 경우는 태어날 때부터 천한 사람이 된다. 그러나 한미한 사람이나 평범한 사람 가운데, 오히려 행실이 고결하고 가르치는 것을 싫어하지 않는 사람들이 있다. 그들은 가난을 두려워하지도 않고 가난 때문에 위축되지도 않는다. 과거에 대한 기대 때문에 열심히 사는 것도 아니다. 이들은 모두 별 다른 의도 없이 그렇게 살고 있으니, 이야말로 훌륭한 일이라 하겠다.

과거 시험장에 모인 선비들에게, "옛날의 시부詩賦를 지을 수 있는 사람은 남고, 짓지 못할 사람은 나가라! 이 말을 듣지 않는 사람에게는 죄를 묻겠다"라고 호령한다면, 물러나는 사람이 분명 절반이 넘을 것이다. 또 "한나라 시대의 소금이나 철, 치수 문제에 대해 정책을 제시할 수 있는 사람은 남고, 제시하지 못할 사람은 나가라! 이 말을 듣지 않는 사람에게는 죄를 묻겠다"라고 호령한다면, 물러나는 사람이 또 열에 여덟·아홉은 될 것이다. 이런 식으로 몇 차례 시행한다면, 문이 막힐 만큼 몰려들어 시험장을 꽉 메우던 선비들이 모조리 사라질 것이다. 그제야 비로소 가의賈誼, 육지陸贄, 소식蘇軾과 같은 학자들이들은 모두 특별한 인재 추천 방법으로 황제에게 인정받거나 과거에 급제했다이 찾아올 것이다. '참된 인재를 얻고자 한다면 생각지 않은 방법으로 불시에 인재를 시험해야 한다'고 말한 이유가 여기에 있다.

또, 온 나라에 소리쳐서, "집안만 보지 말고, 능력이 뛰어난 자와 한 가지 재능이라도 있는 자는 반드시 천거하라! 천거한 자에게는 상을 주지만, 천거하지 않은 자에게는 반드시 벌을 내릴 것이다"라고 선포한다. 그러고 나면 지방에서 학문을 닦던 지식인이나, 낮은 신분 가운데 재능을 가진 인재가 조정에 나올 수 있게 된다.

『서경』에 "명철한 인재를 발굴하되 미천한 인재도 뽑아 쓰라"라는 말이 있다. 은나라 탕 임금은 "현자를 뽑아 쓰되 신분이나 지위를 따지지 말라"라고 가르쳤다. 이는 다 인재를 제대로 기용하려는 뜻에서 나온 말들이다. _「과거론」, 『북학의』

박제가 편

2부
하늘 아래 지극한 사귐

2-1.
천만 년 뒤에도 '나'로 남으리

조선이 시작된 지 삼백팔십사 년에, 압록강 동쪽으로부터 천 리 떨어진 곳에서, 그가 태어났다. 조상은 신라 사람이고, 본관은 밀양이다. 『대학』의 수신제가修身齊家에서 취하여 '제가'齊家라 이름 짓고, 『이소』의 「초사」楚辭에서 호를 가져와 '초정'楚亭이라 하였다.

그의 사람됨은 이렇다. 물소 이마에 칼 같은 눈썹, 녹색 눈동자에 흰 귀를 지녔다. 고고한 사람만을 가려 가까이 지내고, 출세한 자를 보면 멀리하였다. 그런 까닭에 세상과 화합하는 경우가 드물어 언제나 가난했다. 어려서는 문장가의 글을 배우더니, 커서는 나라를 경영하고 백성을 제도할 방법을 공부하였다. 몇 달씩 집에 돌아가지 않아도 주변 사람들은 알지 못했다. 고명한 일에만 마음을 쓰고 세상살이에는 관심이 없었으며, 사물의 이치를 종합하고 심오한 세계를 궁구했다. 옛사람들과 뜻이 통했고 만 리 떨어진 사람들과 뜻이 맞았다.

구름과 안개의 기이한 자태를 관찰하고, 온갖 새의 신기한 소리에 귀를 기울였다. 아득히 먼 산과 시내, 해와 달과 별, 지극히 작은 풀과 나무, 벌레와 물고기, 서리와 이슬같이, 날마다 변화하면서 저절로 그렇게 되는 것들을 마음속에 새겼다. 그러나 말로는 그 실상을 다 표현할 수 없고, 입으로는 그 맛을 충분히 담아 낼 수 없었다. 혼자만 알 뿐 다른 사람들은 그 즐거움을 알지 못했다.

아아! 형체는 남지만 흘러가는 것은 정신이요, 뼈는 썩지만 남아 있는 것은 마음이다. 이 뜻을 아는 자는 생과 사, 이름을 넘어서 그 사람에게 다가갈 수 있으리라. 이에 찬을 짓는다.

죽백竹帛에 기록하고 단청에 그려도
해와 달이 흘러가면 그 사람도 사라지리.
하물며 정수를 빼놓고
진부한 말을 모은다면
그것이 영원할 수 있겠는가.
전傳이란 전하기 위한 글일 터.

그의 행동거지를 모두 드러내지 못하고

그의 품격을 모두 알 수는 없다 해도

오직 한 사람 나일 뿐

천만 사람 중에 한 명이 아님을 안 뒤에야

아득한 하늘 끝 천만 년이 흘러도

오직 한 사람 '나'를 만나 보게 되리라. _「소전」(小傳),

『정유각문집』 2권

2-2.
'백탑' 시절을 추억하며

성을 둘러싸고 가운데 탑이 있다. 멀리서 삐죽 솟은
것을 보면 눈 덮인 대나무에 돋아난 새순 같다. 여기
가 원각사의 옛터. 지난 무자1768년·기축년1769년에
내 나이는 열여덟·열아홉이었다. 미중美仲 박지원 선
생이 문장에 조예가 깊어 으뜸이란 말을 듣고, 탑의
북쪽으로 가서 찾아뵈었다. 선생께서는 내가 왔다
는 말을 들으시고 옷을 걸치며 나오시더니, 마치 오
랜 친구처럼 손을 잡아 주셨다. 그러고는 당신이 지
은 글을 모두 꺼내 와 읽게 하셨다. 손수 쌀을 씻어 작
은 솥에 안치고, 흰 사발에 밥을 담아 옥소반에 받쳐
내오셨다. 잔을 들어 축수祝壽도 해주셨다. 나는 과분
한 대접에 놀라고 기뻐하며, 천고의 성대한 일로 여
겨 글을 지어 화답하였다. 지기知己를 만난 감격이 이

와 같았다.

당시 형암 이덕무의 집 사립문이 북으로 마주해 있었고, 낙서 이서구의 사랑은 그 서편에 있었다. 수십 걸음 떨어진 곳엔 서상수의 서실書室이 있었고, 또 거기서 꺾어 북동으로 가면 유금과 유득공의 집이 있었다. 나는 한 번 놀러 가면 돌아오는 것을 잊고 열흘이고 한 달이고 머물곤 했다. 썼다 하면 시문이나 척독尺牘 : 짧은 편지이 한 질을 이루었다. 술과 음식이 있는 곳을 다니며 밤낮으로 어울렸다.

장가가던 날 저녁, 장인의 흰 말을, 안장을 벗긴 채 타고 나왔다. 하인 하나만 뒤따라 왔다. 때마침 길에는 달빛이 가득하였다. 이현궁梨峴宮 앞길을 따라 말을 채찍질해 서편으로 달려서, 쇠다리 주막에 이르러 술을 마셨다. 북소리가 삼경을 알리기에 여러 벗의 집을 두루 거쳐서 백탑을 돌아 나왔다. 당시에 호사가들은 이 일을 왕양명 선생이 결혼하던 날 철주관 도인을 방문한 일에 비기곤 했다. 그 뒤 육칠 년 사이에 뿔뿔이 흩어져 지내면서 가난과 질병이 그치지 않아, 가끔 만나 큰 탈이 없는 것을 다행으로 여겼다. 풍류도 지난날보다 줄었고 얼굴빛도 예전 같지 않다. 비로소 벗과 노닒도 성할 때가 있고 쇠할 때가 있음을 알았으니, 그때나 지금이나 다 한때일 뿐이다.

중국 사람들은 벗을 목숨처럼 여긴다. 그리하여 왕어
양王漁洋 : 왕사정 선생은 「빙수冰修와 우장耦長이 달밤에
돌아다니다가 지나는 길에 내 집에 들렀기에」란 작
품을 남겼고, 소자상邵子湘 : 소장형의 문집 중에도 이웃
과의 즐거웠던 일을 추억하며 만나고 헤어질 때의 마
음을 적은 글이 있다. 이 글을 읽을 때마다 시대는 달
라도 마음은 같다고 느껴 벗들과 함께 오래도록 탄식
하곤 했다.

이희경이 연암과 형암 등의 벗들과 내가 지은 몇 편
의 시문과 척독을 묶어 책으로 만들었다. 내가 그 제
목을 『백탑청연집』이라 하고 이와 같이 서문을 쓴다.
우리들의 노넒이 성대했음을 보이고, 또한 나에 관한
일화 한두 가지를 거론하였다. _ 「백탑청연집 서문」(白塔淸緣
集序), 『정유각문집』 2권

2-3.
연암과 주고받은 편지

연암이 초정에게

진채 땅_{공자가 진나라 채나라 대부들에 의해 이레를 굶은 곳}에 놓인
지라 사정이 몹시 어렵네. 도를 행하느라 그런 것은
아니라네. 누추한 골목에 살면서 즐거운 것이 무엇이
냐고 망령되이 묻던 일을 지금과 견주어 본다네. 무
릎을 꿇지 않은 지 오래되었네_{벼슬을 하지 않은 지 오래되었}
_{다는 뜻}. 그렇지만 나는 자네에게 구차하더라도 무릎
을 꿇어 먹을 것을 구하네. 지금 당장 좋은 벼슬을 구
걸하는 것보다 그것이 낫다네. 여기 호리병을 보내니
술을 가득 담아 보내 주심이 어떻겠는가?

초정이 연암에게

열흘 장맛비에 밥 싸 들고 찾아가는 벗이 되어 주질

못하여 부끄럽습니다. 편지 전하는 하인 편에 공방孔
方 : 엽전. 엽전에 뚫린 구멍이 네모진 데서 나온 말 이백 냥을 보냅니
다만 호리병까지 채우지는 못했습니다. 먹을 것을 얻
고, 양주에서 학鶴까지 즐기는 복락을 한꺼번에 누리
는 일는 없는 법이지요. _ 「공작관 박지원에게 답하다」(答孔雀
館), 『정유각문집』 4권

2-4.
하늘 아래 지극한 사귐

하늘 아래 지극한 사귐은 궁할 때의 사귐이고, 사귈 때 하기 어려운 말은 가난에 대한 것이다. 아아! 벼슬하는 사대부가 수레를 타고 가난한 벗을 찾아오기도 하고, 벼슬하지 않은 선비가 고관대작의 대문에 소맷자락을 날리며 찾아 오기도 한다. 그런데 지금의 세상에서는 벗을 구하는 바가 간절한데도 마음 맞기가 어찌 이리도 어렵단 말인가?

사귐이란, 한잔 술을 마시며 정중히 대하고, 손을 잡고 무릎을 맞대는 일만은 아니다. 말하고 싶은 것을 말하지 않게 되는 것과, 말하고 싶지 않은 것을 절로 말하게 되는 것, 이 두 가지에서 그 사귐의 깊고 얕음을 알 수 있다.

대체로 사람은 재물보다 더 아끼는 것이 없다. 친구

사이에서도 재물을 빌려 달라고 부탁하는 것을 꺼리니 하물며 다른 일에 있어서는 어떠하겠는가!『시경』에 이르기를, "구차하고 가난한데도 내 어려움을 알아주는 이 없네"라고 하였다. 가난하게 살아도 남들은 터럭만큼의 도움도 주지 않으니, 천하의 은혜와 원망이 이로부터 일어난다.

가난을 드러내지 않는 사람인들 어찌 남에게 구할 것이 없어서이겠는가. 웃으며 말하지만, 오늘 밥을 먹었는지 죽을 먹었는지를 일일이 말할 수야 있겠는가? 이런 일 저런 일을 두루 말하면서도 살림살이에 대해 묻지 못하는 것은 드러내서 말하기 어려운 사정이 있는 까닭이다. 겨우 하고 싶은 말을 꺼내려다가, 상대방의 미간에서 반응이 없으면 하려던 말도 하지 않게 된다. 그러니 이런저런 말을 하긴 해도 실지로는 말하지 않은 것과 같다.

재물이 많은 사람은, 상대방이 말하기도 전에 가진 게 없다고 말해 버린다. 미리 남의 기대를 끊어 버리기 때문에 상대는 말도 꺼내지 못하게 된다. 그리하여 한잔 술을 마시며 정중히 대하고, 손을 맞잡고 무릎을 맞댄다 한들, 가난한 자는 슬픔과 머뭇거림을 감당하지 못하고 낙심하여 돌아가지 않을 수가 없다. 나는 이에 가난을 이야기하는 것이 쉬운 일이 아님을 알게 되었다.

곤궁할 때의 사귐을 지극한 우정이라 하는 것이 어찌 사소한 일을 나누기 때문이겠는가? 또한 어쩌다 얻을 수 있는 게 있어서이겠는가? 처한 상황이 같고 보니 자신의 상황을 고려할 필요도 없고, 근심하는 바가 같은지라 어렵고 힘든 사정을 알기 때문이다. 손을 잡고 괴로움을 위로할 땐, 굶주리고 배부른지 춥고 따뜻한지를 먼저 묻고, 그 집안의 형편을 묻는다. 그러면 말하기 어려웠던 것도 절로 말하게 된다. 이는 진정한 위로에 감격하여 그렇게 되는 것이다.

어찌하여 지극히 말하기 어렵던 것이 지금은 거침없이 쏟아져 나와 막을 수 없게 된단 말인가? 어찌하여 하루 종일 말없이 있다가 한숨 자고 떠나가도, 오히려 다른 사람과 십 년 이야기한 것보다 더 낫단 말인가? 이는 다른 이유가 없다. 사귐에 있어 마음이 맞지 않으면 말을 하더라도 말하지 않은 것과 같다. 사귐에 틈이 없다면 서로 말없이 있어도 많은 말을 한 것과 같다. 옛말에 '머리가 희게 될 때까지 사귀었는데도 늘 처음 본 듯하고, 길에서 잠깐 인사만 나누었는데도 오랜 친구와 같다'고 한 것이 바로 이를 두고 한 말이 아니겠는가? _「강원도 인제현 기린산골로 떠나는 백영숙을 보내며」(送白永叔麒麟峽序), 『정유각문집』 2권

2-5.
산골로 떠나는 백동수를 보내며

내 친구 백영숙^{백동수}은 재기才氣가 뛰어난 사람이다. 그런 그가 세상에서 노닌 지 삼십 년인데도, 곤궁하여 세상과 뜻이 맞는 바가 없었다. 이제 양친을 모시고 먹고 살기 위해 깊은 골짜기에 들어가려 한다. 아아! 서로 곤궁했기에 사귐이 시작되었고, 가난했기에 말을 나눌 수 있었으니, 나는 이것이 몹시 슬프다. 비록 그러하나 내가 영숙에게 어찌 다만 곤궁한 때의 친구일 뿐이겠는가? 그 집에 이틀 치의 땔감이 없어도, 서로 만나면 차고 있던 칼을 벗어 술집에 저당 잡혀 술을 마셨다. 술이 취하면 큰 소리로 노래 부르며, 업신여기고 욕하고 즐거워하며 웃곤 했다. 천지의 슬픔과 기쁨, 권세에 따라 변하는 인심, 가까워지고 멀어지는 마음을 함께 터뜨렸던 것이다.

아아! 영숙이 어찌 곤궁함 때문에 사귄 사람이었겠는가? 그렇다면 그렇게도 자주 나와 함께 노닐었겠는가?

영숙은 일찍부터 이름이 알려져 교제하는 사람이 나라 안에 두루 퍼져 있었다. 위로는 정승과 판서부터 목사와 관찰사에 이르렀고, 부귀한 사람과 이름난 선비들과도 교유했다. 친척과 마을 사람, 혼인으로 맺은 이도 한둘이 아니었다. 말 타고 활 쏘며 칼 쓰고 주먹질하는 부류와, 서화書畵와 인장印章, 바둑과 장기, 거문고와 의술, 지리地理와 방술方術을 가르치는 무리, 저잣거리의 수레꾼, 농부, 어부, 백정, 상인 등의 천한 사내에 이르기까지 길에서 만나 친분을 나누지 않는 사람이 없었다. 또 집으로 찾아오는 사람과도 사귀었다. 영숙은 그 사람의 안색에 따라 접대하여 사람들의 호감을 샀다. 또 산천과 민요, 명물과 고적, 관리들의 행정과 백성들의 고충, 군정軍政과 수리水利에 대해 즐겨 말했고 그 모두에 뛰어났다. 이러한 재주로 수많은 사람과 사귀었으니, 어찌 뜻이 맞고 흠뻑 빠져, 질탕하게 놀 수 있는 한 사람이 없었겠는가?

그러나 혼자 때때로 내 집 문을 두드리는데, 물어 보면 달리 갈 데가 없다는 것이다. 영숙은 나보다 일곱 살 연상이다. 나와 더불어 한마을에 살던 것을 추억해 보면, 그때는 내가 동자였는데 지금은 수염이 났다. 십 년을 손꼽는 사이에 용모의 변화가 이와 같건만, 우리 두 사람에게는 오히려 하루와 같으니 그 사귐을 가히 알 수 있을 것이다.

아아! 영숙은 평생 의기義氣를 중하게 여겼다. 일찍이 천금千金을 나누어 준 것이 여러 번이었다. 그러나 곤궁하고 세상과 뜻이 맞는 바가 없어, 그 입에 풀칠할 수가 없게 되었다. 활을 잘 쏘아 과거에 급제하였으나, 그 뜻이 호락호락하지 않아 공명을 즐겨 취하지 않았다. 이제 집안 식구들을 이끌고 기린협으로 들어간다.

기린협은 옛날 맥족의 나라로 지세가 높고 험하기가 동해에서 으뜸이라고 한다. 그 땅 수백 리가 모두 높은 고개와 깊은 골짜기여서 나뭇가지를 붙잡고서야 넘을 수 있다. 백성들은 화전을 일구고 너와집을 짓고 사니, 그곳에 사대부는 살지 않는다. 영숙에 관한 소식은 일 년에 겨우 한 번 서울에 이를 것이다. 낮에 나가면 손이 거친 나무꾼과 더벅머리 숯쟁이들이 화롯가에 둘러앉아 있을 뿐이리라. 밤이면 솔바람 소리가 쏴아 하며 휘돌아 집이 흔들릴 것이다. 바람에 집이 덜컹거리면, 굶주린 산새와 슬픈 짐승들이 울부짖으며 그 소리에 응답할 것이다. 사방을 돌아보면 눈물이 떨어져 옷깃을 적실 터, 서울의 모습을 떠올리지 않을 수 있겠는가? 아아! 영숙은 어찌 이렇게 되었단 말인가?

그러나 한 해가 저물어 싸락눈이 휘날리면, 여우와 토끼는 살쪄 있을 것이다. 그때 말을 달려 활 한 발에 그것을 잡고 안장에 걸터앉아 한바탕 웃어젖히면, 악착 떨던 마음을 시원하게 날려 버릴 수 있을 것이다. 이렇게 마음을 유쾌하게 하면 그곳이 적막한 바닷가라는 것도 잊어버리지 않겠는가. 그러니 어찌 이별의 갈림길에서 머뭇거리며 근심하겠는가. 서울 안에서 먹다 남긴 밥을 찾아다니다 싸늘한 눈초리를 받는 것보다 낫지 않겠는가? 어려운 처지에 있으면서 말하고 싶어도 말하지 못하며 살아야겠는가?

영숙이여! 갈지어다. 나는 곤궁 속에서 벗의 도리를 얻었다. 그러하나 영숙에게 있어 내가 어찌 가난할 때의 벗일 뿐이겠는가! _「강원도 인제현 기린협으로 떠나는 백영숙을 보내며」(送白永叔麒麟峽序), 『정유각문집』 2권

2-6.
천고의 벗

사람들은 말한다. "천하의 일은 뜻대로 이루어지지 않는다." 그렇지만 맹자는 일찍이 이렇게 말했다. "상우尚友, 즉 옛사람과 벗한다." 옛사람과 벗한다는 것은 그 수염과 눈썹을 떠올려 보며 '아무개일 것이다'라고 생각하는 것이다. 일찍이 어떤 사람이 이렇게 말했다. "와유臥遊, 즉 누워서 천하를 유람한다." 누워서 천하를 유람한다는 것은 그 유람의 행차를 떠올려 보면서 그것이 '바로 나다'라고 생각하는 것이다. 실제로 벗과 사귀고 실제로 유람을 하는 자는 천 명이나 백 명에 하나일 뿐이니, 뜻대로 이루어지는 것이 실로 어렵다.

이제 내가 '생각'으로 천하를 유람하고 벗과 사귄다고 한들 누가 막을 수 있겠는가? 그렇다면 어찌 벗을

사귀고 노니는 것만 이러하겠는가? '생각' 속에서는
공명도 뜻대로 이루어지고 부귀도 뜻대로 이루어진
다. 차의 향기와 아름다운 여인, 오래된 그릇이나 서
화도 생각으로는 갖추어지지 않는 것이 하나도 없다.
좋은 계절에 꽃이 만발하고 푸른 버들 늘어진 아름다
운 경치 속에서 담소를 즐기기도 한다. 먼 길 떠난 나
그네를 대신해 그의 고향집에 돌아가기도 하고, 가난
한 사람으로 하여금 돈과 비단을 많이 얻게도 한다.
속된 사람의 마음과 눈을 씻어 주고, 질병을 없애며,
이별을 없게 하는 것도 가능하다. 백 년 천 년 만 년토
록 오래 살 수도 있고, 다른 생의 다른 세상에서 사람
이나 사물, 새, 짐승, 형제와 부부를 미리 정해 볼 수
도 있다. 요순시대의 다스림을 회복할 수도 있고, 말
이 통하지 않는 먼 나라의 사람들과도 편지를 주고받
을 수 있다.

천고千古라는 과거는 만 리 떨어진 거리와 같고, 만 리
떨어진 거리는 천고라는 시간과 같다. 그러니 만 리
나 떨어진 저 절강 땅의 반생潘庭筠과 육생陸飛:둘 다 박
제가와 교유한 청나라 학자이 어찌 오늘날 나에게 천 년 전의
사람이 아니겠는가? 그렇게 함으로써 내가 상상하여
말하기를 '나는 이미 절강 사람을 보았다'고 해도 나
를 어찌하지 못할 것이고, 짧은 글 한 편을 지어 놓고

는 '반생이 날마다 편지를 부친다'고 해도 나를 어쩌지 못할 것이다. 그러니 터럭 하나라도 뜻대로 못할 것이 어디 있겠는가? 설령 중국에 태어나 이 사람과 한마을 한 골목에 살며 무릎을 맞대고 손을 맞잡더라도, 일생 동안의 교유와 풍류, 아름다운 모임의 흔적은 사람들 사이를 흘러 다니는 짧은 편지, 시 한 수, 글 한 편에만 남아 있을 것이다. _「편지 뒷면에 적다」(記書幅後), 『정유각문집』 55권

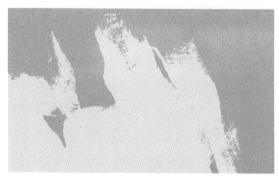

박제가 편

3부
박제가의 세상 보기

3-1.
꽃에 미치다

사람에게 벽癖이 없으면 사람이기를 포기한 것이다. 벽癖이란 글자는 '질'疾: 질병과 '벽'辟: 편벽됨을 합한 것이니, 병적으로 치우친 것이다. 그러나 가끔은 벽이 있는 사람만이 남에게 의지하지 않고 자신만의 생각을 가지며, 수준 높은 기예를 익힐 수 있다.

김군은 화원으로 달려가면, 꽃에 주목하여 종일 눈을 깜빡이지도 않고, 그 아래 자리를 깔고 누워 움직이지도 않는다. 손님과 주인이 한 마디 말도 주고받지 않으니, 이를 보는 자는 그가 미쳤거나 바보라고 생각하여, 비웃고 손가락질하며 웃고 욕하기를 쉬지 않는다. 그러나 비웃는 자의 웃음소리가 그치기도 전에 그러한 생각은 사라지고 만다. 김군은 만물을 스승으로 삼고, 그 기예는 천고에 뛰어나다. 그가 그린

『백화보』는 꽃의 역사에 그 공적이 기록되고 향기의 나라에서 식읍食邑:공을 세운 신하에게 하사하는 고을을 받기에 충분하다. '벽'의 결과는 진실로 속임이 없다.

아아! 저 사물을 두려워하거나 무시하여 천하의 큰 일을 그르치면서도, 스스로 '벽'이 없다고 생각하는 자가 이 화첩을 보고 경계로 삼을지어다.

을사년1785년 5월 초비당苕翡堂 주인은 짓는다. _「백화보 서문」(白花譜序), 『정유각문집』 2권

3-2.
초상화로 마음을 읽다

웃음은 입에서 나온다. 그러나 눈썹으로 웃기도 하고 광대뼈로 웃기도 하고 수염으로 웃기도 한다. 사람을 그릴 때 반드시 웃는 모습을 그려야 하는 것은 아니다. 그러나 웃는 모습을 그렸다면, 필히 눈썹으로 웃는지 광대뼈로 웃는지 수염으로 웃는지를 알아야 한다. 그런 후에야 초상화를 잘 그렸다 할 것이다.

이희경李喜經이 아버지 이소李熽를 그린 초상화를 보았다. 묵묵히 계셨지만 말씀하시는 듯하고, 그 눈길은 기뻐하는 듯했다. 그 웃음으로 미루어 보면 그 마음을 짐작할 수 있다. 나는 알았다. 그가 산수山水에서 술을 마시고 시를 지을 적에, 세상에 매이지 않고 멀리서 노닐려는 뜻이 있었음을. _ 「진사 이소의 초상화에 찬하다」(李進士小像贊), 『정유각문집』 3권

3-3.
하늘과 땅 사이 모든 것이 시일세!

나의 벗 형암 이덕무, 그의 시 몇 수를 뽑아 놓고, 목욕한 뒤 향을 피우고 읽었다. 읽으며 내내 감탄했다.

객이 말했다. "그의 시를 어떻게 읽었는가?"

내가 말했다. "저 산천을 바라보면 아득하여 끝이 없고, 맑은 물에는 푸른 기운이 비치고, 외로운 구름엔 깨끗함이 담겨 있다네. 기러기는 새끼들을 이끌고 남녘으로 날아가고, 매미 울음은 쓸쓸히 끊어지려 하네. 이런 것이 무관의 시가 아니겠는가?"

객이 말했다. "그것은 가을의 조짐인데, 그의 시가 그 정도 수준이 되는가?"

내가 말했다. "무엇이 문제인가? 그 '사이', 즉 경계를 논할 뿐이네. 그렇게 하려고 하지 않아도 그리 되는 것은 하늘이요, 그렇게 되는 것을 알고 그렇게 하는 것이 사람일세. 하늘과 사람 사이에는 반드시 구분이 있는 법, '사이'라 함은 구분이면서 동시에 안과 밖을 합하는 도道일세. 때문에 '사이'를 얻으면 만물이 성장하고 길러지며, 귀신도 흠향하는 법이지. 반면에 '사이'를 얻지 못하면 자기 자신과 소·말조차도 분간하지 못하게 되네. '사이'를 모르는데, 하물며 시를 지을 수가 있겠는가?"

객이 말했다. "시라는 것은 삶에서 나오는 것일세. 어린아이가 응애응애 울 때 등을 토닥이며 노래를 불러 주면, 노랫소리와 울음소리가 서로 어우러져 아이는 잠이 들고 마네. 그 소리가 천하의 참된 시라네. 내가 듣건대, 시는 본성에서 나오는 것으로 사악한 것과 바른 것이 있어서, 시를 보면 마음의 좋고 나쁨과 세속의 정치적 상황을 알 수 있다네. 그래서 화려하게 꾸민 작품은 『시경』 국풍國風:『시경』의 핵심 부분으로 당시 일반 백성들의 사상과 감정 등을 노래한 시가에 싣지 않았고, 각박하고 초조한 소리는 종묘 음악으로 쓰지 않는다네. 그런데 그대는 어찌 담박하고 자연스러운 것은 버려 두고, 화려하게 꾸민 작품만 좋아하는가. 어찌 앞서의 모범은 따르지 않으면서 마음에서 일어나는 것만 따르려 하는가."

내가 말했다. "황종黃鐘을 조율하는 데 쓰는 기장은

지극히 작은 것이고, 새와 짐승의 발자국은 지극히 하찮은 것이라네. 하지만 율려律呂가 여기에서 일어 났고, 팔괘가 이로 인해 만들어졌네. 시를 숫자로 본 다면 세상의 변화를 알 수 있는 역易이 되고, 소리로 보면 음악이 되는 법일세. 도를 아는 자가 아니라면 누가 능히 이러한 사실을 말할 수 있겠는가?"

객이 말했다. "그렇다면 시는 무엇을 본받아야 하겠 는가?"

내가 말했다. "하늘과 땅 사이에 가득한 것이 모두 시 일세. 사계절의 변화와 온갖 사물이 내는 소리에는 나름의 자태와 색깔, 소리와 장단이 있다네. 어리석 은 자는 살피지 못해도 지혜로운 자는 그것을 표현 한다네. 그런 까닭에 남의 입술만 쳐다보거나 진부한 글에서 찌꺼기만 주워 모으는 것은 근본에서 멀리 벗 어난 것일세."

객이 말했다. "그렇다면 한·당과 송·명의 시는 본받 기에 부족하단 말인가?"

내가 말했다. "어찌 그렇겠는가? 내가 말한 것은, 말 단을 좇아 갈림길을 만들기보다는 근본에서 핵심을 찾는 것이 더 낫다는 말일세. 그런 뒤에야 천지의 진 실한 소리와 옛사람의 심오한 말이 서로 부응하는 것 일세. 마치 서리가 내리면 종이 절로 울고, 어미 학이 보이지 않는 곳에서 울어도 새끼가 화답하는 것처럼 말일세. 이렇게 보면 무관의 시는 팔괘를 만든 복희씨와 황종을 만든 영륜伶倫의 마음을 얻은 것일세."

병신년1776년 가을날 아우 박제가가 짓다. _「형암선생시집 서문」(炯菴先生詩集序), 『정유각문집』 2권

3-4.
시의 도를 터득하려면

우리나라에서는 송, 금, 원, 명의 시를 배운 자를 최고로 여기고, 당시唐詩를 배운 자를 그 다음으로 두며, 두보를 배운 자를 가장 못하게 여긴다. 왜 그런가? 두보를 배운 자는 두보만 최고로 여기고, 그 나머지는 보지도 않고 무시해 버린다. 그런 까닭에 시 짓는 솜씨가 형편없다. 당시를 배운 자도 다를 게 없지만, 두보의 시를 배운 자보다는 조금 더 낫다. 당시를 배운 자들은 두보 외에 왕유, 맹호연, 위응물, 유종원 등 수십 명의 시인을 가슴속에 담아 두기 때문이다. 그러므로 더 나아지려 하지 않아도 저절로 나아진다. 송, 금, 원, 명의 시를 배운 사람은 그 식견이 당시를 배운 자들보다 더 낫다. 이러하니 여러 종류의 책을 폭넓게 보고 성정性情의 진실됨을 표현한 사람이야 말해 무엇 하겠는가?

이로 보아, 문장의 도는 그 마음을 크게 열고 견문을 넓히는 데 있을 뿐, 어떤 시대의 문장을 배웠냐에 달린 것이 아니다. 서예도 마찬가지이다. 진晉나라 사람 왕희지의 필체를 배운 자가 가장 수준이 낮고, 당·송 이후의 필체를 배운 자가 조금 볼 만하며, 지금 중국의 필체를 익힌 자가 가장 뛰어나다. 어찌 진과 당·송의 글씨가 지금의 중국 글씨보다 못해서이겠는가? 시대가 오래될수록 보고 익힐 수 있는 글씨체가 전해지지 않기 때문이다. 더욱이 조선에서는 서첩의 진위를 알 수가 없어 필체의 품평이 정확하지 못하다. 그러므로 왕희지의 서첩보다는 지금 중국 사람의 서첩이 믿을 만하며, 구하기가 쉽다. 더하여 오래된 글씨체의 법도도 여기에서 터득할 수 있다.

사람들은 탁본의 진위나, 육서와 금석문의 근원, 글씨체가 변화하고 움직이는 자연스런 흐름도 모르면서, 멋대로 스스로를 왕희지라 여긴다. 이런 자는, 천하의 시를 두루 배우지 않고 두보의 시 수십 편의 자구만 붙들고 앉아, 스스로를 고루한 구렁텅이에 빠뜨리는 자와 비슷하지 않은가? _ 「시학론」(詩學論), 『정유각문집』 1권

3-5.
문장의 도는 하나가 아니다

배움을 다하지 못한 것은 신의 허물입니다. 하지만
천성이 다른 사람과 같지 않은 것은 신의 허물이 아
닙니다. 이를 음식에 비유해 보겠습니다. 제사상에
놓인 위치로 말한다면, 기장이 앞자리에 놓이고 국과
포는 뒤에 놓입니다. 맛으로 말한다면, 소금에서 짠
맛을 가져오고 매실에서 신맛을 취하며, 겨자에서 매
운맛을 가져오고, 찻잎에서 쓴맛을 취합니다. 이제
이들이 짜지 않고 시지 않고 맵지 않고 쓰지 않다면,
소금·매실·겨자·찻잎을 탓하는 것이 마땅합니다. 그
렇지만 소금·매실·겨자·찻잎을 나무라면서 "너는
어찌 기장과 비슷하지 않은가?"라고 하거나, 국과 포
에게 "너는 왜 앞자리에 있지 않느냐?"라고 말한다
면, 지적을 당한 것들은 참모습을 잃게 되고 천하의

맛을 내는 원재료는 사라질 것입니다.

아가위·배·귤·유자와 같은 과실, 개구리밥·흰 쑥·붕어마름·물풀과 같은 나물, 이빨이 날카로운 들짐승이나 깃털 달린 날짐승도 제사 음식으로 쓰지 못할 게 없습니다. 각자의 취향이 다르기 때문입니다. 그런 까닭에 '선善에는 정해진 스승이 없다'고 말하는 것입니다.

비지批旨 : 상소문에 대해 임금이 내리는 답에서 이르시기를, "하늘을 나는 새나 물에 사는 물고기도 그 본성을 저버리지 아니하고, 둥근 장부臟腑와 네모진 구멍도 각각 쓰임에 알맞다"라고 하셨습니다. 성군께서 문장을 논하신 것이 참으로 훌륭합니다.

『이소』는 변풍變風 : 『시경』 중에서 정치가 문란해진 뒤에 지어진 시가이지만 천하의 지극한 문장입니다. 주나라 왕실이 동으로 옮겨 가지 않았다면 망국의 노래인 「서리」도 정풍正風 : 『시경』 중에서 주나라 초기 정치가 어질고 밝을 때의 시가이 되었을 것입니다. 삼려대부 굴원이 쫓겨나지 않았더라면 초나라에는 군주와 신하의 노래가 이어졌을 것입니다. 정치가 바르지 않으니, 굴원 혼자서 애통한 노래를 불렀으며, 주나라 호경의 백성들이 먼저 통탄의 노래인 『시경』의 「서리」를 불렀던 것입니다. 이것이 성상께서 시문을 정사의 기틀로 삼아 왕업이 영원하기를 기원하신 것이니, 문치文治의 근본이라 할 수 있습니다.

문장의 도는 일괄해서 말할 수가 없습니다. 오래 전해지기를 바란다면 반드시 그 배움이 깊어야 합니다. 이런 까닭에 군자는 독서를 귀하게 여깁니다. 이것이 신 등이 날마다 애를 써서 독서를 그만두지 않는 까닭입니다. _ 「비옥희음송」(比屋希音頌), 『정유각집』 3권

3-6.
백이와 태공의 뜻은 하나다

나라가 흥하고 망하는 것은 하늘에 달려 있고, 벼슬에 나아가고 물러나는 것은 군자에게 달려 있다. 나라가 흥하면 나아가고 나라가 망하면 물러난다. 나라의 흥망은 한때의 일이지만, 나아가고 물러나는 것은 한 사람의 몸에 그치지 않는다. 이런 까닭으로 백이를 칭송하는 사람들이 있고, 태공을 칭송하는 사람들이 있다.

백이는 이렇게 말할 것이다. "나는 은나라의 백성이다. 은나라의 임금이 폭군일지라도 신하로서 임금을 배반할 수는 없다. 나는 신하의 도리를 지킬 따름이다." 태공은 이렇게 말할 것이다. "폭군이 흉악한 정치를 행하여 만백성이 도탄에 빠졌다. 우리 무왕武王:
은나라를 멸망시키고 주나라를 세운 왕께서 떨쳐 일어나심은 탕

왕湯王 : 하나라를 멸망시키고 은나라를 세운 왕**의** 일처럼 빛나도다. 우리는 하늘을 대신하여 토벌할 따름이다."

아아! 저 두 사람이 평소에 과격해서 그러한 것이 아니다. 명예를 다투고 승부를 겨루기 위해서 그러한 것도 아니다. 두 사람은 주왕紂王 : 은나라의 마지막 왕의 정사가 어지러워 바닷가로 피했고, 문왕文王 : 주나라를 세운 무왕의 아버지이 일어나자 주나라로 귀의했다. 은나라의 운명이 아직 다하지 않았고 주나라의 군대가 아직 모이지 않았을 때, 저 두 사람은 손을 잡고 일어났다. 노인의 지혜를 구하는 땅乞言之地에서 논변을 펼치고, 노인을 공경하는 곳養老之堂에서 노닐면서, 천하의 이치는 하나일 뿐이라고 생각했다.

은나라 교외에서 전쟁이 일어나자 태공은 군사를 일으켰고, 백이는 말고삐를 잡고 전쟁을 만류하다 수양산에서 고사리를 캐 먹었다. 그런 뒤에 한 사람은 나아가고 한 사람은 물러났으며, 한 사람은 흥하고 한 사람은 망하였다. 마침내 천하 후세의 논자들은 두 사람이 다르다고 생각하였다. 이로부터 두 사람의 뜻이 명료히 드러나지 않게 되었다. 두 사람의 뜻이 명료하지 않으니 무왕의 뜻 역시 명료하지 않았다. 무왕의 뜻이 명료하게 드러나지 않으니, 백이 또한 고지식한 노인에 불과할 뿐이었다.

무왕, 백이, 태공의 뜻이 분명하게 드러나지 않음이 걱정되어 이렇게 논한다. "백이의 근심은 만세의 근심이요, 태공의 마음은 천하의 마음이다. 가로로 하면 상도常道 : 변하지 않는 떳떳한 도리가 되고 세로로 하면 권도權道 : 수단은 옳지 못하나 목적은 정도(正道)에 부합하는 도리가 된다. 어진 사람의 마음은 한결같이 지극한 정성과 측은한 마음에서 나온다. 그 사이에 추호도 사사로운 뜻이 없으니 쓰임이 다르더라도 그 뜻은 같다. 흑과 백, 향초香草와 악초惡草처럼 분명하게 나눌 수 있는 것이 아니다. 저 사람이 군자라면 이 사람 역시 군자요, 저 사람이 현인이라면 이 사람 역시 현인이다. 그러니 백이와 태공은 천하에 이른바 '현자'요, 천고에 이른바 '의인'이라 할 것이다.

순 임금과 문왕은 부절을 맞춘 듯 서로 잘 맞고, 우 임금과 안회는 입장이 바뀌어도 똑같이 행동했을 것이다. 바큇자국은 달라도 같은 곳으로 돌아가고 이치는 하나지만 각각 나누어지는 법이다. 아아! 의리는 변함없지만 상황은 달라지니, 천하의 일이란 한 가지로 말하기 어렵다." _ 「백이와 태공이 서로 어긋나지 않음에 대한 논의」(伯夷太公不相悖論), 『정유각문집』 1권

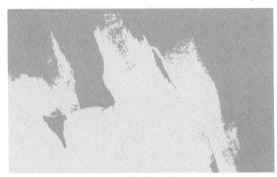

박제가 편

4부
곡진한 마음을 전하다

4-1.
맏아들에게 보내는 편지

편지를 받고 또 한 달이 지났구나. 죄인의 명단에서
애비가 삭제되면 돌아오리라 기대하겠지. 죄인의 명
단에서는 지워졌지만, 다시 부(府)에서 옭아매어 떠나
지 못하게 하니 출발이 쉽지 않구나. 하늘의 보살핌
은 어두운 곳도 구석구석 비추지 않는 곳이 없다. 그
러니 장차 구덩이에서 끌어올려 방으로 옮겨 줄 것이
다. 어찌 돌아가지 못하는 것을 한탄하겠느냐? 때가
있는 법이니 사람의 힘으로 되는 게 아니다. 너희들
이 독서를 즐겨하지 않아 아비의 뜻을 일으키지 못하
는 것이 한탄스럽다. 어찌하면 늙은 아비에게 허물이
없게 할 수 있겠느냐?
일전에 집을 팔았다는 소리를 들었다. 내가 집안일에
마음을 쓰지 않은 데다 멀리 이곳에 있으니 내 뜻과

같을 수는 없었겠지. 내가 돌아가면 구름처럼 팔도를 유람할 것이다. 이 애비는 내 한 몸 간수할 계책은 있으니 너희들은 나를 걱정할 필요가 없다. 다만 의리를 궁구하기를 부지런히 하여 입고 먹는 일로 흔들리는 바가 없도록 해라. '농사를 지어도 굶주림이 그 안에 있다'는 공자의 가르침을 새겨들어야지 대충 들어서는 안 된다.

시골에서 살고자 하거든 부여 또한 내가 좋아하는 곳이다. 독서하며 스스로 마음을 풀어 내고, 일체의 세상 즐거움이나 정으로 맺은 인연을 끊어 버리면 신선에 가깝다고 할 만하다. 하지만 곁에서 나와 함께 하는 사람이 없으니, 갑자기 혼자 웃다가 그만 멈추고 만다. 날마다 옛 성현을 대하며 밥을 전보다 많이 먹으니 낯빛이 예전보다 좋아졌다. 이밖에 무엇을 더 바라겠느냐?

부여에 있는 이상국李相國의 정자가 허물어졌으나 그 아래 못은 맑고 경치가 빼어나다. 네가 가서 알아보아라. 굳이 다른 지방에서 살고자 하는 게 아니라면 온 가족이 가서 내 밭을 경작하면 굶주리지는 않을 것이다. 절약하고 검소하여 고기 먹을 생각을 하지 않는다면 저축 또한 가능하니 그곳을 생각해 보지 않겠느냐? _「아들 장임에게 부치다」(寄稔兒), 『정유각집』

4-2.
가르침을 구하는 편지

경전의 말씀을 궁구할 때는 시력과 심력과 필력을 다해야 한다오. 이 세 가지를 다하는 것이 배움이오. 나는 어려서 배움을 알지 못하고 여기저기 흩어져 있는 문장들을 서로 이어 꾸미는 것만을 좋아했소. 또 이십여 년 벼슬자리에 있으며, 날마다 규장각에 출근하여 긴 시간을 수많은 책 속에 파묻혀 살았소. 그러나 문서 관련 잡무가 많아 마음껏 글을 읽을 수가 없었다오. 그 때문에 글과 도道, 모두에서 마땅함을 잃고 말았소.

이제 머리가 희어지고 유배당해 돌아갈 곳이 없게 되자 비로소 경전을 궁구할 생각을 하게 되었다오. 죽은 다음에야 그만둘 수 있다고 한 경지가 여기에 가까운 것이 아닌가 싶소. 죽는 순간에도 신분에 맞지

않다며 대자리를 바꾼 증자曾子와 갓끈을 다시 매고
죽은 자로子路의 정신을 본받아, 천지간에 살면서 매
일매일 힘을 다하고자 할 뿐이오.

내 근본이 얄팍해서 그 빛이 널리 퍼지지 않는 것은
형세상 그럴 수밖에 없다오. 그대에게 바라노니, 부
지런히 가르침을 내려 주시고 잘못을 지적해 주시오.
그리하여 기주夔州 :두보가 유배당해 머물던 쓰촨 성[四川省] 동쪽의
깊은 산골 땅의 처녀로 하여금 분칠하고 눈썹 그리는 보
람을 알게 해주시오. - 「답하다」(答), 『정유각문집』 4권

4-3.
지극히 마땅한 데로 돌아가라

생각은 사물로 인해 일어나는 것이 있고, 사물을 뛰어넘는 것이 있다네. 훈고 또한 그러하네. 마음으로부터 바로 이해되는 것이 있고, 남의 견해로 인해 다르게 이해되는 것도 있네. 주자는 옛 주석이 부족하다고 생각하여 자신만의 견해로 주석을 달았다네. 후대 사람들은 주자의 말에 따르거나 또는 주자의 말을 다르게 해석하곤 하네. 그러니 원래의 뜻에 부합하는지 아닌지를 어찌 알겠는가? 이 때문에 논쟁이 생겨났네. 그러나 논쟁을 들은 자들은 또한 옛것을 옳다 하는 자도 있고 지금 것을 옳다 하는 자도 있네. 그래서 논쟁을 들은 자들이 또 논쟁하게 된다네.

그렇기 때문에 경전을 논하는 자는 말이 명확하지 않음을 근심할 것이 아니라, 패거리를 짓는 마음이 사라지지 않음을 근심해야 하네. 동쪽이 옳다 서쪽이 옳다 하는 자들에 대해서는 논할 필요도 없다네. 하여, 논쟁하는 자들은 겸손하게 변론하여 지극히 마땅한 데로 돌아가기를 힘써야지, 조금이라도 잘난 체하게 되면 볼 것이 없네. 그러므로 "서하西河 모기령毛奇齡 : 청나라 고증학자로 주자를 비판하고 부정하기 위해서라면 억지 증거를 내세우기도 했다 같은 사람은 명철한 판단력은 있지만, 당파에 휩쓸려 진실한 행실은 없다"라고 말하는 것이라네._「답하다」(答), 『정유각문집』 4권

4-4.
장인 이관상 공께 바치는 제문

아아, 저는 세상물정 모르는 선비입니다. 키는 일곱
자에도 못 미치고, 이름은 마을 밖을 나가지 못했는
데, 공께서 한 번 보시고 따님을 아내로 주셨습니다.
저를 대하시는 풍모와 도량이 마치 벗을 대하는 것과
같았습니다. 제가 껄껄대고 웃으면 공께서는 제 마음
을 아시고 놀리지 않으셨습니다. 제가 혼곤히 잠이
들면 공께서는 제게 마땅히 그럴 일이 있으리라 생각
하시고 게으르다 여기지 않으셨습니다. 공께서는 제
가 눈 오는 날 벗을 찾아가 밤이 새도록 돌아오지 않
아도 나무라지 않으셨습니다.
부서진 집의 종이창으로는 별빛이 몸을 감싸고, 새벽
에 일어나 벽을 긁으면 얼음이 녹아 손톱 밑에 가득
했습니다. 이불은 짧아서 정강이를 가리지 못할 지경

이었습니다. 그럼에도 침상을 나란히 하고 잠을 자면서 시를 읊조리고 노래하기를 그치지 않는 것을 보시고는, 어려운 형편은 걱정하셨어도 그 즐거움만은 알아주셨습니다.

제가 객사에서 글을 읽으며 지낸 적이 있습니다. 밤낮 찌는 듯한 무더위에, 모기, 파리, 벼룩, 이가 들끓어 대고, 집의 서까래를 쳐다보면 먼지 낀 거미줄이 바람에 휘날리곤 했습니다. 어둑어둑해질 무렵에야 밥을 지었고, 수저는 휘어지고 밥사발은 찌그러졌습니다. 씹을 때마다 돌이 나오고, 보릿겨가 볼 안을 찌르고, 소금물에 절인 부추는 길이가 제멋대로였습니다. 이렇게 한 달을 머물면서도 기쁘게 지낸다는 말을 들으시고는, 그 고생스러움은 안쓰럽게 여기셨어도 그 참을성만은 알아주셨습니다.

공께서는 일찍이 이렇게 말씀하셨지요. "갓은 좋은 것을 고를 게 없다. 검고 둥글면 그만이다. 신도 장식할 필요가 없다. 삼태기만 아니면 끌고 다닐 수 있다." 제가 일어나 대답했지요. "그렇다면 저는 너무 불우합니다. 제 마음은 언제나 조각한 침향목과 단목으로 관을 쓰고, 색실로 수놓은 수의를 입고 싶습니다. 그런 다음 열 겹으로 싸서 보관하다가 길이 후세에 전해 사람마다 그것을 보게 하고 싶습니다. 산과

물, 구름과 안개, 꽃과 나무, 새와 짐승의 고운 모습을 보면, 저도 그렇게 되고 싶습니다.

제가 누추하고 텅 빈 집에서 한 소쿠리의 밥과 한 바가지의 물을 마시며 해진 솜옷을 입고 살면서도 좋은지 싫은지를 생각하지 않는다면, 그것이 어찌 솔직한 마음이겠습니까? 다만 그 마음을 알아주는 자를 만나지 못했을 뿐입니다."

공께서는 큰 소리로 말씀하셨지요. "이 아이의 가슴속이 이처럼 사치스러운 줄은 몰랐구나." 그 말씀에 제가 군이 변명하지 않았고, 공께서도 '반드시 어떠해야 한다'고 말씀하지 않으셨습니다. 남에게는 화낼 일도 제게는 웃으셨고, 남에게는 예의를 차릴 일도 제게는 격의 없이 대하셨으니, 서로의 속마음을 알아지키는 바가 있음을 알았기 때문입니다.

제가 공의 사위가 된 이튿날이었습니다. 공께서는 달빛을 받으며 나가시어 우물가에 지팡이를 세워 두고 말 씻기는 것을 구경하셨지요. 제가 청하였습니다. "타 봐도 될는지요?" 공께서는 즉시 허락하시고, 하인을 돌아보며 안장을 갖추라 하셨습니다. 제가 말씀드렸지요. "안장은 하지 않아도 됩니다. 제가 갈기를 잡아 쥐고 등에 걸터앉아 채찍을 한번 올리면 말이 달릴 것입니다." 공께서는 기뻐하시며 손수 술을 따라 주시고는 제게 말씀하셨습니다. "늦은 밤까지는 있지 말게." 이에 하인이 술값을 가지고 뒤를 따라왔습니다.

저는 말에 올라 배오개[梨峴]에서 쇠다리[鐵橋]까지 달려, 백탑 북쪽에 있는 벗을 방문하고 탑을 한 바퀴 빙 돌아 나왔습니다. 이때 달빛이 가득하고 꽃나무는 하늘에 닿았으며 드문드문 별이 뿌려져 있었지요. 말은 고개 숙여 천천히 냄새를 맡거나 빙빙 돌면서 걷기도 하고 발굽 닿는 대로 달리기도 했습니다. 제가 돌아와 자는데 공께서는 취했는지 살펴보셨지요. 그러더니 제 뺨을 어루만지시고, 깨지 않도록 살며시 이불을 덮어주셨습니다.

아! 죽는 것은 잊는 것이니 잊으면 정情도 사라집니다. 죽는 것은 깨달음이니 깨달으면 후회도 없습니다. 죽음으로써 죽음을 본다면 어찌 이를 일러 슬프다고 하겠습니까? 종일 술잔을 올린들 어찌 한 잔이라도 받으실 것이며, 종일 관을 어루만진들 어찌 한 마디라도 하시겠습니까? 슬퍼해도 알지 못하시니 곡은 또한 어찌 하겠습니까? 그러나 삶으로써 죽음을 생각하면 마음이 울적해서 다시 곡을 하지 않을 수 없습니다. 아아! 제가 곡을 하는 것은 다만 사위로서 슬프기 때문만은 아닙니다. 공을 지기知己로 여기기

때문입니다. 아아, 슬프도다! _「장인 이관상 공 제문」(祭外舅

李公文), 『정유각문집』 5권